W0386170

btb

Levi hat auf der Beerdigung seiner Mutter die Urne geklaut. Jetzt versteckt er sich auf einem Hausdach mitten in Berlin.

Tigerschatten springen zwischen den Dächern, sitzen Levi im Nacken und streifen um die Urne – derselbe Tiger, der seine Mutter getötet hat, davon ist Levi überzeugt, auch wenn er in letzter Zeit viel zu schnell erwachsen werden musste und es eigentlich besser weiß. Im Kampf mit dem Verlust sucht der Junge sich seine eigenen Verbündeten: Da ist der mysteriöse Vincent, der mit ihm durch die Stadt fährt und im selben Haus wohnt, aber bis auf ein paar zwielichtige Geschäfte kaum etwas von sich preisgibt. Und Kolja, der Kioskbesitzer, für den Gedächtnisschwund noch immer die beste Art ist, sein Leben zu bewältigen – ausgelöst durch jede Menge Whiskey. Aber Levis Erinnerungen tauchen genauso hartnäckig aus der Vergangenheit auf wie Koljas Bilder aus seiner Zeit als Kriegsfotograf, die er in einem Hinterzimmer seines Kiosks immer noch entwickelt.

Carmen Buttjer, 1988 geboren, wuchs in Deutschland und Finnland auf. Sie lebt in Berlin und studierte Industriedesign. Ein Teil ihrer Entwürfe ging in Serie, daneben arbeitete sie mehrere Jahre in verschiedenen Manufakturen. »Levi« wurde für den Bayerischen Buchpreis nominiert.

CARMEN BUTTJER

LEVI

Roman

btb

KAPITEL 1

Merkwürdig. Genau so war es. Überall in der Luft waren weiße Pollen. Sie blieben in watteartigen Knäueln aneinanderhängen und flogen langsam zwischen den Gästen hin und her. Es war schwül und mindestens vierzig Grad, obwohl am Himmel nicht einmal die Sonne zu sehen war. Stattdessen war er dunkelgrau und die Wolken hingen so tief, als würden sie jede Sekunde abstürzen. Weiter hinten kamen die nächsten und türmten sich über die, die schon da waren. Das T-Shirt, das ich trug, klebte an meinem Rücken. Das war das Ende der Welt. Nicht der Moment, in dem sie anfängt.

Bestimmt hundert Leute waren da, liefen durcheinander und suchten irgendwen. Ich wusste nicht, was ich hier sollte, und kletterte über die Stühle hinweg, die in mehreren Reihen hintereinander standen, um in die letzte zu gelangen. Ihre Holzbeine knackten als würden sie brechen, ich sah, wie sie sich unter meinem Gewicht ins trockene Gras bohrten. Schwarze Vögel saßen in den Ästen, sie starrten mich an, als würden sie auf mich warten. Irgendwer packte mich bei den Schultern und schob mich vor sich her wieder nach vorne bis in die erste Reihe. Auf einen der letzten zwei freien Stühle. Mit beiden Ellbogen auf der Rückenlehne abgestützt, kniete ich mich auf ihn und sah nach hinten. Hinein in die Gesichter, die nun nebeneinander saßen. Ich kannte keins von ihnen und damit meine ich, dass ich sie schon einmal gesehen hatte, doch nicht mehr über sie wusste. Sie lächelten mir seltsam zu, ich lächelte halb zurück. Den Rest behielt ich für mich.

Neben mir erkannte ich das Gesicht des Mannes, der mein Vater war. Er roch anders als sonst, nach Whiskey, vielleicht waren es auch die anderen. Wenn ich an ihn dachte, war das Erste, was mir einfiel, wie merkwürdig er war. Bei meiner Mutter war das anders. Sie war von außen viel kleiner als von innen, sodass ich jedes Mal, wenn sie zu spät kam, darüber nachdachte, ob sie »Wonder Woman« war, ohne es mir verraten zu haben. Ihre dunkelbraunen Haare waren so lang, dass ich ihr Gesicht darunter verstecken konnte, die Sommersprossen dahinter erinnerten mich an das Sternensystem. Es war unmöglich, nicht daran zu denken. Manchmal zog sie sich dasselbe wie mein Vater an. Sein Jackett, die Hose, auch das weiße Hemd, aber nur halb zugeknöpft, die Ärmel bis zu den Ellenbogen hochgekrempelt und die Krawatte locker um den Kragen gewickelt. Wie eine Möglichkeit von ihm, die es in Wirklichkeit nicht gab.

Mein Vater war anders. Je mehr Zeit ich mit ihm verbrachte, desto weniger wusste ich über ihn. Eigentlich nur drei Dinge: Er war Anwalt und stritt gerne und kam meistens erst nach Hause, wenn ich schon eingeschlafen war, wohingegen es morgens andersherum war. Da war er schon weg, obwohl er noch in der Küche stand. Dann kannte ich noch seine Adresse, es war dieselbe wie meine.

Ich ließ meinen Kopf so weit nach unten sinken, dass ich mit dem Kinn meine Arme berührte und hörte, wie mein Vater sich räusperte. Ich tat so, als hätte ich es nicht bemerkt, woraufhin er es wiederholte und mit einer kurzen Handbewegung durch die Luft streifte. Nicht mehr als eine Sekunde. Das bedeutete Ungeduld. Zwei dagegen waren Ärger, vier und fünf bedeuteten Wut, und wenn er sechs oder sieben Sekunden und dann auch noch mit beiden Händen durch die Luft fuchtelte, sodass es aussah, als würde er Wörter hineinschreiben, begann er normalerweise zu schreien. Hochexplosiv wurde es, wenn er seine Hand so schnell durch die Luft bewegte, dass die Wörter nicht länger zählbar waren und sich in einen unendlichen Text verwandelten. Ich glaube, dann wusste er selbst nicht einmal mehr, ob er wütend, verärgert, ungeduldig oder noch irgendetwas anderes war, und irgendwie hatte ich das Gefühl, dass er, wenn er es gewusst hätte, noch wütender geworden wäre. Manchmal sah er mich nur an und wurde wütend, einfach so, als würde er gar nicht mich, sondern irgendjemand anderen sehen. Ich hörte, wie er meinen Namen sagte, seine Stimme klang müde und gereizt. Also wie immer, also drehte ich mich um und schaute nach vorne. Da stand die Urne.

Wer tot war, der kam nicht mehr zurück, wer tot war, für den ging es nicht weiter. Meine Haut begann noch stärker zu kribbeln als vorher. Erst im Nacken, dann auf den Innenflächen meiner Hände, als wären die Linien, die sich auf meiner Haut von den Fingern zu den Gelenken zogen, zu Wellen geworden. Ich kratzte mich an den Armen, das T-Shirt und auch das Jackett darüber waren enger geworden. Auch meine Stirn juckte, das Kinn, die Ohren, selbst zwischen meinen Rippen fing es an zu jucken, unendlich langsam drängte ich mich gegen die Stuhllehne, fühlte diese Dinge, ohne zu wissen, was ich damit tun sollte, und versuchte mich zu kratzen; dann waren es die Knie, und als es unter meinen Zehen auch noch anfing, beugte ich mich so unauffällig wie es ging nach unten und zog mir die Schuhe von den Füßen. Trotzdem hörte es nicht auf zu jucken. Blau schimmernde Insekten preschten durch meine Blutbahnen, so viele, dass sie meine Adern verstopften, die schwarzen Vögel unruhig ihre Flügel gegeneinanderschlugen, mein Vater fing an zu husten. Ich fragte mich, ob es ihm genauso ging, konnte meinen Puls nicht nur in den Handgelenken, sondern auch in meinem Hals spüren und lehnte mich zurück, immer weiter nach hinten, bis der Stuhl nur noch auf zwei Beinen stand. Aus den Augenwinkeln sah ich meinen Vater ausholen, ein weiter Bogen, es hätte auch ein Schatten sein können, dann schlug er mit der Handfläche auf die Stuhlkante, sodass ich mit einem Ruck nach vorne kippte und mich verschluckte. Jetzt juckte es überall. Nicht nur an den Beinen, sondern auch an den Armen und Händen, dann an den Ellbogen. Am Rücken war es am schlimmsten, ich wusste ganz genau, was passieren würde, wenn ich jetzt aufstehen oder anfangen würde, wieder auf dem Stuhl nach unten zu sinken, und blieb regungslos sitzen, den Blick auf die Urne gerichtet und erinnerte mich daran, was mein Vater zu mir gesagt hatte, als wir zum Krematorium gefahren waren. Im Auto. Das war der einzige Ort, an dem wir noch miteinander redeten. Wenn keiner von uns wegkonnte, er hinter dem Lenkrad und ich daneben.

»Was hast du da an?«

»Was meinst du?«

»Unter dem Jackett. Wo ist das weiße Hemd, das ich dir heute Morgen in dein Zimmer gelegt habe? Warum hast du es nicht angezogen?«

»Das war zu eng.«

»Es hat dieselbe Größe.«

Erst danach hatte er bemerkt, welches T-Shirt ich mir übergestreift hatte. Es war grau verwaschen, früher war es einmal schwarz gewesen. Darüber zogen sich dicke rote Buchstaben: »*Another one bites the dust*«. Er hatte mitten auf der Straße gebremst. Entweder Queen oder wir hätten die Beerdigung verpasst.

»Warum hast du es nicht einfach angezogen?«

»Ich zieh es noch an.«

»Wann denn?!«

»Bei deiner Beerdigung.«

»Verdammt, Levi, sieh mich an … siehst du mich an? Und hör auf damit, den Gurt um dein Knie zu wickeln. Leg ihn richtig an. Wenn wir ankommen, möchte ich, dass du dich neben mich setzt, hast du das verstanden? Du setzt dich neben mich und stehst nicht auf.«

Dass er seinen Blick, während er das gesagt hatte, immer wieder von der Straße abwandte und mich ansah, hatte ich spüren können, ohne ihn anzuschauen. Dennoch war ich stumm geblieben und hatte so getan, als hätte ich nichts davon mitbekommen.

»Das ist die erste Regel für heute …«

Pollen verfingen sich in meinen Wimpern, bei dem Versuch, sie wegzuwischen, blieben sie in meinen Augen hängen. Tränen liefen mir über die Wangen und ich spürte eine Hand auf meinem Rücken, sie kam von irgendjemandem, der hinter mir saß. Eklig warm und in einer unendlich langsamen Bewegung strich sie über meinen schweißnassen Rücken, und ich fürchtete, dass ich sie nie wieder loswerden würde. Nicht nur das, ich fürchtete, dass auch die Hände der anderen um mich herum, in meinem Nacken landen und an mir kleben bleiben würden. Bevor ich wusste, was passierte, stand ich auf den Beinen und löste mich aus der ersten Reihe. Es war wie bei einem Gewitter, das einfach so aus den Wolken brach, als wenn grelles Licht und Donner direkt durch meine Knie zucken würden, und während ich nach vorne rannte, erinnerte ich mich an die zweite Regel, die mein Vater aufgestellt hatte.

»Ich will nicht, dass du die Urne anfasst. Hast du gehört, was ich gesagt habe? Du fasst sie nicht an, auch nicht kurz, du kannst sie ansehen, aber ich will nicht …«

Vorne angekommen riss ich die Urne an mich.

»Und ich möchte, dass du in meiner Nähe bleibst.«

»Das hast du schon gesagt …«

»Drei Regeln, drei einfache Regeln und zieh auf keinen Fall dein Jackett aus.«

Das war es, was er gesagt hatte, und ich hatte es verstanden, und dennoch rannte ich mit der Urne unter dem Arm zwischen den Stühlen entlang durch die Beerdigungsgesellschaft.

Jetzt, wo ich sie in den Händen hielt, wirkte sie kleiner als vorher. Meine Arme zitterten so sehr, dass ich die Asche verschüttet hätte, wenn die Urne offen gewesen wäre, und irgendwie fühlte ich auch gar nichts, selbst als ich die Augen schloss, war da nichts, auch die Geräusche verschwanden. Es regnete in meinen Ohren. Wie sie in den schwarzen Anzügen von ihren Plätzen aufsprangen, sahen sie aus wie die langsamsten Tiere. Es roch nach Gras und Schweiß, eine Hand schloss sich um eins meiner Beine, hielt mich fest, zog mich zurück, mit zusammengepressten Lippen kniff ich die Augen zusammen, trat zu und riss mich los. Wenn ich bis zur Tür des Krematoriums am Ende der Wiese kommen würde, dann wäre die Hälfte geschafft oder wenigstens ein Viertel, vielleicht auch nur ein Zehntel, so genau hatte ich noch nicht darüber nachgedacht, das war der einzige Ausgang. Erst, als meine Hand die Türklinke nach unten schlug, atmete ich wieder aus. Kaum war ich im Krematorium, wurde es kühl und das Kribbeln auf meinem Rücken verschwand unter den grauen Steinplatten, auf denen meine Füße entlanghasteten. Die Wände waren glatt, auch der Boden war glatt, wer hier ausrutschte, schlitterte weiter. Mit diesem Gedanken schaffte ich es bis zu den Stufen, durch die Halle mit den Säulen und hinaus bis auf die betonierte Auffahrt. Hier blieb ich stehen und drehte mich um. Die trägen Tiere waren noch bei den Säulen, ihre Schritte waren so laut, dass ich dachte, sie seien direkt hinter mir. Mein Vater lief vor ihnen, kam immer näher und rief meinen Namen. Als er wenige Meter vor mir war, blieb er stehen, vornübergebeugt, die Hände abgestützt auf den Knien. Für eine Sekunde sah es so aus, als würde Rauch aus seinem Anzug steigen. Wenn Menschen traurig waren, dann taten sie ganz unterschiedliche Dinge. Manche heulten. So lange, bis sie nicht einmal mehr bemerkten, dass sie es taten. Andere wurden ganz laut oder leise, wütend für ein oder zwei Jahre, versteckten sich, tranken, aßen, bis sie fett waren, oder zogen in ein anderes Land. Irgendeins, das sie vorher noch nie gesehen hatten. Mein Vater tat nichts davon, und während er das tat, versuchte ich, ihn nicht zu stören.

»Was zur Hölle …«, rang er nach Luft. »Was ist los

mit dir? Was denkst du dir? Kannst du mir das mal verraten?!«

Er schrie so laut, dass alle anderen hinter ihm stehen blieben. Stirnrunzelnd blinzelte ich in die Sonne, die zwischen den dunklen Wolken hervorkam, und blickte ihn an. Ich konnte seine Spucke im Licht sehen.

»Kannst du dich daran erinnern, was ich dir im Auto gesagt habe, oder hattest du das schon wieder vergessen, noch bevor wir angekommen waren? Hast du überhaupt irgendein Wort davon mitbekommen? Wozu hast du diese verdammten Ohren, wenn du nicht zuhörst?«

Das war es, was er wissen wollte, und ich wusste nicht, wo ich anfangen sollte. Da waren die Dinge, die ich ihn gerne gefragt hätte. Es war eine ganze Liste, und auch, wenn es schon immer etwas gegeben hatte, das ich nicht so richtig verstanden hatte, war diese Liste in den letzten Wochen um das Doppelte, wenn nicht sogar um das Dreifache gewachsen. Mindestens. Vielleicht auch um das Fünffache. Aber immer, wenn ich ihn etwas fragte, war da dieser Ausdruck in seinem Gesicht. Also behielt ich die Liste für mich, und je länger wir dastanden, desto weiter füllte sich die Luft mit den Dingen, über die wir nicht sprachen.

»Weißt du, was du jetzt tun wirst? Du kommst hierher und stellst die verdammte … du stellst … du wirst sie … diese …«, begann er und brach immer wieder ab, als hätte er den Rest des Satzes vergessen.

Dabei zeigte er abwechselnd auf die Urne und hinter

sich. Ich tat es nicht, und als hätte ich das laut gesagt, richtete er sich auf und kam mir entgegen. Er packte mich an der Schulter, sodass wir beide hinfielen. Um die Urne nicht zu verlieren, behielt ich sie in meinen Armen und ließ mich ungeschützt auf die Steine fallen.

Dass es wehtat, merkte ich erst, als ich das Blut auf meinem Knie sah. Es war viel dünner, als ich es mir vorgestellt hatte, fast so wie Wasser, wenn das Rot nicht gewesen wäre. Es quoll durch den Riss meiner Hose, ich wischte das Blut, dann den Schweiß von meiner Stirn und rieb mir beides versehentlich in die Augen. Die Welt war dunkel und hell zugleich. Der Rest blieb an meiner Hand und auf dem Hemd meines Vaters kleben. Genauso wie ich, hielt er für eine Sekunde inne, strich mit einer kurzen Bewegung über mein Knie, bis ihm wieder einfiel, was er eigentlich vorgehabt hatte, und er es wieder versuchte.

»Wenn du sie mitnimmst … wenn du das wirklich tust, dann …«, presste er zwischen seinen Zähnen hervor.

»Was?! Dann was?«

Die Wörter kamen lauter aus meinem Mund als ich es gewollt hatte, mit einer Stimme, die ich nicht kannte, und er sah mich überrascht an, bis sich seine Augen begannen zu schmalen Schlitzen zu verengen. In diesem Moment hasste er mich, das konnte ich sehen, so sehr, dass ich mir nicht länger sicher war, ob er überhaupt irgendwann so alt wie ich gewesen war. Während ich blind um mich trat, versuchte ich hochzukommen. Ich folgte seinem Blick, der auf die Urne in meinen Armen gerichtet war. Ich wollte noch etwas sagen, irgendetwas, doch ich wusste nicht, was, dafür sah ich, dass er etwas sagte, das ich, unter meinen eigenen Gedanken, nicht hören konnte. Zurückgehen wäre jetzt gut, dachte ich noch und lief los. Wie merkwürdig er aussieht, dachte ich und rannte weiter, und wie leicht die Urne ist. Ich dachte, ich falle gleich um und rannte weiter, ich dachte, ich kann nicht mehr und rannte noch schneller. Meine Ohren rauschten so laut, dass ich nicht einmal mehr hören konnte, ob er noch hinter mir war und mich in der nächsten Sekunde einholen würde. Dennoch drehte ich mich nicht um. Pollen und Fliegen klatschten mir ins Gesicht und blieben dort kleben. Ich hatte meine Schuhe vergessen.

Ich wusste nicht, wohin, und wenn man nicht wusste, wohin, dann wusste man auch nicht, wie weit es noch war. Eine halbe Stunde lang pirschte ich mich an ein Fahrrad heran. Da waren zwei Gründe, die dafür sprachen, es zu stehlen: Ich war zu langsam, und wer verfolgt wurde, musste schneller sein als die anderen. Die Hitze quoll aus dem Asphalt unter meinen Füßen, er war viel wärmer als das Plastik der Pedalen. Andererseits war Klauen verboten. Je länger ich darüber nachdachte, desto klarer wurde mir, dass ich bereits etwas Verbotenes getan hatte, schließlich war ich es, der die Urne gestohlen hatte. Ich wollte kein Dieb sein, wirklich nicht, aber immerhin blieb ich einer, wenn ich das Fahrrad nahm. Nachdem ich die Urne auf den Gepäckträger geschnallt hatte, beugte ich mich nach vorne und über den Fahrradlenker. Es dauerte, bis ich keine Schlenker mehr fuhr, die Räder quietschten. Je schneller ich wurde, desto mehr brachte mich der Wind in die Spur. Kühl und leicht strich er mir durch die Haare und legte sich über den Schweiß auf meiner Stirn.

Ich hasste diese Stadt, ich wollte irgendwo anders leben, in der Wüste, im Regenwald oder wenigstens in einer Stadt, die am Meer lag. Es war egal, in welche Richtung ich ging, die Häuser hörten niemals auf. Da waren immer noch mehr. Dicht aneinandergereiht standen sie entlang der Straßen. Einige von ihnen waren so hoch wie Mammutbäume. Manchmal regnete es im Süden der Stadt, während im Norden die Sonne schien. Unten dagegen war da, wo kaum Licht hinkam, und dazwischen bewegten sich die Menschen und brüllten sich an. So wie Vögel, die immer zu hören waren, selbst dann, wenn man sie nicht sah. Wenn es so heiß war wie jetzt, dann roch es aus den Straßen wie Sumpf. Jedenfalls stellte ich mir das so vor. Eine vor sich hin wabernde Oberfläche, aus der Gase und Rauch aufstiegen. In Wirklichkeit war ich noch nie im Sumpf gewesen und hatte keinen Schimmer, wie es dort roch. Dann war da noch ein Fluss, der wie eine nasse mehrspurige Straße durch die Stadt floss. Die U-Bahn wurde vom Wind angetrieben, der irgendwo aus dem

Inneren der Tunnel kam. Darunter fing der Ozean an. Wenn es regnete, sickerte das Wasser durch die Metallstreben der Abflüsse bis unter die Stadt und sammelte sich in ihm. Erst an den Küsten war er zu sehen, da wo die Kontinente endeten. Bei richtig starkem Regen drangen fremde Geräusche von unten nach oben. Sie hörten sich an wie Walflossen, die gegeneinanderschlugen, vielleicht waren es auch Haie, die sich im warmen Regen auf den Bauch drehten. Und wenn es ihnen mit dem Regen zu viel wurde, verstopften sie die Abflüsse mit ihren kantigen Schnauzen, sodass sich flache Seen entlang der Straße bildeten.

Ich war nicht der Einzige in dieser Stadt, hier wohnten noch 3,8 Millionen andere, von denen ich niemanden kannte. Ich wusste auch nicht, ob es wirklich 3,8 Millionen waren oder ob sich jemand verzählt hatte, meine Welt war nur eine Straße. Der Altbau, in dem ich lebte, lag in ihrer Mitte. Wenn ich mich vor die Haustür stellte und nach oben schaute, schien es nach vorne zu kippen. Links daneben, und das war selten, stand kein weiteres. Auch wenn es so aussah, als wäre dort einmal eins gewesen und von einem Tag auf den anderen gestohlen worden. Da war ein leerer Platz aus dichten Pflanzen, hellem Sand und zerbröckelten grauen Steinen, aus denen Metallstangen ragten, zur Straße hin war er durch einen rostigen Drahtzaun abgegrenzt. Er war mit Plakaten beklebt, vom Regen vollgesogen, so viele übereinander, dass ich meinen Finger in die unterschiedlichen Schichten bohren konnte, ohne dass ich den Zaun dahinter berührte, stattdessen krochen dunkle Käfer heraus und verteilten sich wie Satzzeichen auf den Plakaten. Sie klebten so dicht nebeneinander, dass das heruntergekommene Schwimmbecken dahinter von der Straße aus nicht zu sehen war.

Bevor ich in die Straße einbog, in der ich wohnte, schloss ich für eine Sekunde die Augen, atmete die warme Luft ein und presste meine Zehen gegen die warmen Pedalen. Ich war darauf gefasst, meinen Vater vor dem Haus stehen zu sehen. Dann atmete ich aus und schlug die Augen auf. Niemand war zu erkennen. Das Einzige, was ich hörte, war das Radio von Kolja Černý. Sobald er im Morgengrauen seinen Kiosk aufschloss, schaltete er es an und ließ es, wie heute, den ganzen Tag bis in die Nacht hinein laufen. Manchmal auch dann, wenn er den Kiosk geschlossen hatte und selbst schon gegangen war. Meistens saß er, umgeben von mehreren Stapeln verschiedener Zeitungen, auf einem weißen Plastikstuhl vor seinem Kiosk, und wenn er das nicht tat, tauchte er aus dem Nichts irgendwo auf dem Gehweg auf. Auch jetzt saß er unter dem Sonnenschirm, mit einem Gesicht, das vergessen hatte, älter zu werden. In Wirklichkeit war er schon mindestens sechzig. Er trug einen Strohhut und ein weißes Hemd mit aufgekrempelten Ärmeln, dessen Säume verdreckt waren. Im letzten Winter hatte er den Strohhut durch eine rote Mütze ersetzt und ein weiteres Hemd über dem ersten getragen. Darin war er geboren worden. Wenn er müde war, setzte er sich vor den Laden, nahm seinen Schlüsselbund in die Hand, schloss die Augen, und sobald sie ihm entglitten und herunterfielen, war es Zeit, wieder aufzuwachen. Jedenfalls sagte er das immer. Ich hatte ihm nie verraten, dass ich es war, der seine Schlüssel nach der Schule aufhob, um sie so lange neben ihm auf den Asphalt zu schmeißen, bis er aufgewacht war. Manchmal half nicht einmal das, und ich schleuderte sie neben ihn gegen die Mauer, während ich überlegte, ob er tot war. Genauso wie ich lebte auch er erst seit einem knappen Jahr hier.

Auf einigen Zeitungen in seinem Kiosk prangten Titel in Sprachen, die ich nicht kannte, und dann waren da noch die mit den Tagesmeldungen. Gerüchte nannte Kolja die, und wenn er das sagte, knüllte er die Zeitung zusammen, um sie direkt danach wieder glatt zu streichen.

»Levi?«, hörte ich ihn rufen.

Das war ich, Levi, mein Nachname war Naquin. Jedenfalls stand das auf unserer Klingel und meine Eltern hießen genauso, nur ihre Vornamen waren andere. Mein Vater hieß David und meine Mutter Katharina, doch so nannte ich sie nie, und jedes Mal, wenn sie von anderen so genannt wurden, fühlte es sich merkwürdig an. Als wäre jeder von ihnen noch wer anders, an einem Ort, den ich noch nicht entdeckt hatte. Kolja rief mich noch einmal, widerwillig bremste ich ab. Ich hatte keine Zeit. Hatte ich nicht. Das Fahrrad ließ ich auf dem Weg liegen, die Urne stellte ich vorsichtig daneben. Ob Kolja genauso schlecht sah, wie er hörte, wusste ich nicht. Er fragte mich, wo ich gesteckt hätte. Erst als er beim Fragezeichen angekommen war, sah er von der Zeitung, die er auf seinen Knien liegen hatte, auf. Sein Blick blieb erst an meiner aufgerissenen Hose, danach an meinen Füßen hängen, bevor er weiterredete, faltete er die Zeitung zusammen.

»Sieht aus, als hättest du einen interessanten Tag gehabt. Ich habe an dich gedacht.«

Noch bevor ich etwas sagen konnte, wechselte der Ausdruck in seinem Gesicht, als wäre ihm etwas eingefallen, an das er sich nicht hatte erinnern wollen.

»Heute war die Beerdigung, oder?«

Ohne auf eine Antwort zu warten, stand er auf und ging erst einen, dann zwei Schritte, er humpelte.

»Du hast bestimmt Durst. Noch ein Grad mehr und das Bier platzt mir aus den Flaschen.«

Während er den Kiosk betrat, wischte er sich mit einem Taschentuch den Schweiß von der Stirn und reichte mir die Zeitung. So machten wir das immer. Er gab mir Zeitungen, und ich half ihm im Kiosk, und deswegen waren wir so etwas wie Freunde. Beim Vornamen nennen durfte ich ihn trotzdem nicht, doch ich wusste, dass er Kolja hieß. Das stand jedenfalls auf der Post, die er bekam. An Kolja Černý. Er hatte keine Ahnung, dass ich ihn so nannte. Dafür wusste er irgendwie alles andere, er konnte sogar die Zeitungen in den fremden Sprachen lesen. Das lag daran, was er getan hatte, bevor er den Kiosk gekauft hatte, doch das war ein Geheimnis, das er außer mir niemandem verraten hatte, und auch mir hatte er es nicht verraten, weil er es gewollt hatte. Es war das einzige Geheimnis, das ich von ihm kannte, auch wenn es irgendwie kein richtiges Geheimnis war, wenn niemand danach fragte.

»Willst du da draußen stehen bleiben?«

Der Asphalt brannte unter meinen Füßen. Ich konnte nicht bleiben, nicht mehr lange, und mein Vater würde zurückkommen, dennoch holte ich die Urne und schob sie zwischen die Kühlschränke. Nachdem Kolja die Flasche mit den Zähnen geöffnet hatte, schob er sie mir über den Tresen entgegen und sah mich aufmerksam an, während ich trank.

»Bist du schon einmal auf einer Beerdigung gewesen? Vorher, meine ich?«

Ich schüttelte den Kopf, und dann sagten wir lange nichts. Wir standen nur da und sahen raus auf die Straße, die Autos und die vorbeilaufenden Menschen, die in blutrotes Licht getaucht waren. Als ständen sie in Flammen.

»Und du?«

»Ein paarmal«, sagte er und schob eine Kiste Bier aus dem Hinterzimmer, in dem er die Waren lagerte, in den schmalen Gang neben dem Tresen.

»Wann war das?«, wollte ich von ihm wissen, während er zwei weitere Kisten auf die erste stapelte. Kolja lächelte.

»Alles was über gestern hinausgeht, habe ich vergessen. Deine Mutter ist eine sehr kluge Frau gewesen, ich habe sie gemocht. Hier, die kannst du in den Kühlschränken verteilen. Stell sie nach hinten und die, die schon drinstehen, nach vorne.«

Er drehte sich um und ging ins Hinterzimmer zurück. Bevor ich anfing, die Flaschen einzusortieren, blieb ich in der kalten Luft stehen, die aus dem offenen Kühlschrank herausdrang. Fremde Fingerabdrücke klebten von außen und innen auf dem Glas. Ein süßlicher Geruch stieg mir in die Nase, er war eklig und dennoch konnte ich nicht aufhören, ihn einzuatmen.

»Kassierst du hier?«

Ich schrak zusammen, fast hätte ich eine der Flaschen fallen gelassen.

KAPITEL 2

Die Stimme gehörte Vincent. Er wohnte im selben Haus wie ich, ein Stockwerk über mir, im Fünften, und ich mochte ihn. Vom ersten Augenblick an. Schon als ich seinen Namen auf dem neu angeklebten Klingelschild unten an der Tür gelesen hatte. Da hatte ich ihn noch nicht einmal gesehen, und genau genommen kannte er mich auch immer noch nicht. Wir hatten noch nie ein Wort miteinander gewechselt, denn es war nicht leicht, ihn zu treffen. Bisher war ich ihm erst ein paarmal im Treppenhaus begegnet, doch da schien er mich gar nicht zu bemerken. Ich wusste nicht, warum, aber jedes Mal, wenn ich ihn sah, dachte ich an Cowboys aus dem Wilden Westen, manchmal auch an Batman. Ich mochte Batman. So als hätte ich ihn selbst erfunden und Vincent sah ihm wirklich ähnlich, vor allem, wenn er so gegen die Sonne dastand und seine Silhouette alles war, was ich von ihm erkennen konnte. So sah ich ihn meistens. Von Weitem. Als hätte ich ihn mit einer Schere aus einem meiner Comics herausgeschnitten. Er war nicht so richtig groß, trotzdem sah er aus wie einer von den Guten. Hätte ich ihn ausmalen müssen, dann hätte ich nur Rot, Orange und Gelb benutzt. Als ich mich umdrehte, sah ich ihn in einem zerknitterten Hemd, an dessen Kragen eine dunkle Sonnenbrille klemmte, am Tresen lehnen. Er wirkte ruhig, so als wäre alles in Ordnung.

»Ist das Kriegsbemalung? Die Striche in deinem Gesicht?«, wollte er wissen und mein Knie begann zu brennen, als hätte er mit seinen Worten einen Teil der Haut abgerissen. Unwillkürlich wischte ich mir durch das Gesicht und betrachtete die Erde, die Pollen und das vom Schweiß gelöste Blut, die in meiner Hand kleben blieben. Ich hatte mir schon oft vorgestellt, wie unser erstes Gespräch beginnen würde, aber so war es nie gewesen. Er biss in den Apfel in seiner Hand und wiederholte die Frage. Kriegsbemalung, ja vielleicht war es das, und ich nickte, um gleich darauf mit dem Kopf zu schütteln. Stumm sah ich ihn an, öffnete den Mund und schloss ihn wieder. Eine Antwort fiel mir nicht ein.

»Gefällt mir, besonders das Rot. Weißt du, was die Farbe bedeutet?«

Ich schüttelte ein weiteres Mal den Kopf.

»Früher war das die Farbe der Könige.«

»Ist das immer noch so?«

»Keine Ahnung, ich habe schon lange kein Rot mehr getragen.«

Er lächelte, während er das sagte. Im nächsten Moment bog Kolja schlurfend aus dem Hinterzimmer und klemmte sich hinter die Kasse. Vincent nahm das Wechselgeld und ging, während ich meine Stirn gegen die Fensterscheibe lehnte und zuschaute, wie er die Straße überquerte. Auf der Hälfte der Strecke schnitt ihn ein Fahrradfahrer, er holte aus, warf ihn mit seinem Apfel ab und lief weiter.

KAPITEL 3

Mit der Urne und Zeitungen in der linken Hand ging ich über die Straße und zog den Wohnungsschlüssel, der an einem roten Band um meinen Hals baumelte, über den Kopf. Hastig drehte ich ihn in der schweren Haustür, drückte mich mit meinem ganzen Gewicht dagegen und ließ sie hinter mir ins Schloss fallen. Oben in der Wohnung angekommen, sah ich als Erstes in den Kühlschrank. Es war nichts als Licht darin. Ich schloss ihn wieder, lehnte mich mit der Stirn dagegen und blickte auf ein Bild von mir. Am Strand, mit nichts als einem Stirnband über den Ohren und einer Schaufel in der Hand, vornübergebeugt auf Fische lauernd. An diesen Tag konnte ich mich gar nicht erinnern, er war wie ein Geheimnis, das ich von mir hatte und selbst nicht kannte.

Im Schrank fand ich ein Zelt, Seile und eine Luftmatratze. Danach warf ich alles, was ich sonst brauchte, in einen Karton, schleppte ihn durch das Treppenhaus bis oben auf den letzten Absatz und stellte ihn vor die

Tür, hinter der das Dach lag. Wäre in dieser Stadt ein Sumpf gewesen, hätte ich mich darin versteckt. Nicht weil ich sterben wollte, aber weil es dort so viele Arten zu sterben gab, dass niemand mir gefolgt wäre: stecken bleiben und ersticken, Moskitos, die Malaria hatten, Schlangen und Krokodile. Das wusste ich von Kolja. Er hatte mir auch erzählt, dass Sümpfe manchmal von darüber hinwegziehenden Helikoptern mit Benzin überschüttet und angezündet wurden. Die besten Verstecke waren die, die so gefährlich waren, dass niemand an diesen Orten suchen wollte. Niemand würde mich hier oben finden.

Neben den Karton legte ich das längste Messer, das ich in der Küche hatte finden können, Gabeln und Teller. Ein Kopfkissen, eine Decke, Wasserflaschen, was zum Anziehen, Streichhölzer und eine Taschenlampe. Die Haare klebten mir nass auf der Stirn, die Schürfwunde an meinem Knie pochte. Ich hörte die Haustür im Erdgeschoss ins Schloss fallen und zuckte zusammen, schluckend hielt ich inne, beugte mich über das Geländer und strengte mich an, kein Geräusch zu machen. Auch diesmal war es nicht mein Vater. Weder seine Stimme noch seine Schritte. Trotzdem rannte ich erst eine Minute später wieder nach unten, um meine Regenjacke aus der Wohnung zu holen, mir fiel nichts mehr ein, was ich noch hätte mitnehmen können, und als ich die Wohnungstür hinter mir schloss, fühlte es sich an, als würde ich ausziehen.

Das Dach war zu zwei Seiten leicht abgeschrägt, die anderen beiden endeten wie ein Abgrund vor der Häuserschlucht. Dazwischen war eine gerade Fläche, die sich über dreiundzwanzig Schritte erstreckte. Neben der Tür zum Treppenhaus waren die drei Schornsteine der höchste Punkt. Ich baute das Zelt zwischen ihnen auf, es war blau, als es stand, sah es nicht richtig aus. Eine der Streben ragte in die Luft, während sich das Zelt darunter verbog, ich zog das T-Shirt aus und band es mir wie einen Turban um den Kopf, bevor ich von Neuem anfing. Als es wirklich stand, befestigte ich eine Flagge daran, es war keine richtige mit einem Wappen oder so etwas, sondern eine rote Plastiktüte, auf die ich einen Mond gezeichnet hatte. Sie knisterte im Wind. Es gab nur ein paar Dinge, die fehlten, ein Katapult und eine Seilbahn, die über die Straße hinweg zu den anderen Dächern führte, aber es reichte für die ersten Nächte. Nachdem ich die Luftmatratze aufgepustet hatte, legte ich sie ins Zelt, sie war gelb. Daneben die Urne und die Zeitungen, die ich von Kolja hatte. Eine von ihnen breitete ich auf dem Boden aus, ihre Seiten blieben an dem von der Sonne aufgeweichten Dach kleben, und während ich den Zeilen folgte, begann ich meine Finger in den schwarzen Teer hineinzubohren.

Zuerst kam der Titel, dann der Text. Es ging um eine Frau, die in der Pathologie niedergestochen worden war, und um eine Leiche, die seitdem fehlte. Um eine Mordkommission, die Ermittlungen aufgenommen hatte, und nach dem unbekannten Täter fahndete. Dann war der Text zu Ende, auch die Seite, auf der er stand, und ich suchte nach dem Artikel, der kurz nach dem ersten in einer anderen Zeitung erschienen war. Das Dach schien sich zu bewegen, sodass die Buchstaben über die nächste Zeile kippten.

Tote waren ganz anders als wir. Sie sahen zwar so aus wie Menschen, doch ihre Haut hatte eine andere Farbe und sie rochen auch anders. Die Augen wurden starr, sie sagten nichts mehr, als wären sie leer. Das Erste, was ich über den Tod gelernt hatte, war, dass kranke Tiere sterben, und sobald sie das taten, wurden sie verscharrt oder gegessen. Dazu wurde ihnen die Haut abgezogen. Von da an waren sie keine Tiere mehr. Die, die niemand unter die Erde brachte, wurden zu Aas, aber auch das blieben sie nicht lange. Sie verfaulten und zersetzten sich, sodass nichts mehr da war. Nicht einmal die Knochen, als hätte es sie niemals gegeben. Das mit dem Tod hatte ich mir immer so vorgestellt, dass man erst starb, sobald man alt genug geworden war. Nach hundert Jahren, ich hielt hundert für eine gute Zahl. Mein Vater war noch weit davon entfernt, genauso wie meine Mutter, und trotzdem war sie vorher gestorben. Das war das Nächste, was ich über den Tod gelernt hatte. Niemand musste alt werden, um zu sterben.

Der zweite Zeitungsartikel war detaillierter als der erste. Diesmal ging es nicht nur um die Polizei, sondern auch um die Staatsanwaltschaft. Das Wort hatte ich von meinem Vater schon einmal gehört. Die getötete Frau war obduziert worden. Ich schob eine Hand in meinen Nacken, blickte auf die Urne neben mir und tippte dagegen.

Meine Mutter hatte alles über den Tod gewusst, sie hatte nicht nur herausfinden können, wann jemand gestorben war, sondern auch woran. Sie hätte sich selbst obduzieren können. Wenn ich durch die schmalen Gänge des Krankenhauses zur Pathologie gelaufen war, hatte sie meistens in einem weißen Kittel dicht vor einem der Mikroskope gesessen und mich hindurchsehen lassen. Darunter hatten Transplantate und Organe, Präparate und Gewebeproben gelegen, die wie Spucke aussahen. Die meisten davon waren gar nicht von Toten, sondern von Menschen, die irgendwo auf den Stationen der anderen Stockwerke lagen oder in derselben Sekunde operiert wurden.

Die Pathologie war auf mehrere Räume aufgeteilt, in dem ersten wurden die Leichen aufbewahrt. Die Lampen waren dort so hell, dass ich die Knochen meiner Hand durch die Haut schimmern sehen konnte, wenn ich sie Richtung Decke und gegen das Licht streckte. An seinem Ende befand sich ein weiteres Zimmer, in dem nicht nur ein Schreibtisch, sondern auch zwei Mikroskope standen. Die beiden Räume waren nur durch eine dünne Wand getrennt. Mein Vater arbeitete meistens bis tief in die Nacht, nur wenn meine Mutter Spätschicht hatte, kam er früher und arbeitete am Küchentisch weiter. Manchmal vergaß er es auch und kam gar nicht, dann ging ich in die Pathologie zu meiner Mutter. Eine Leiche hatte ich trotzdem noch nie gesehen. Wenn sie eine obduzierte, setzte ich mich an ihren Schreibtisch, machte Hausaufgaben und schaute Filme, Animaniacs oder Batman, mit dem Rücken zu der Leiche, so lange bis sie ihre Schicht beendet hatte. Sobald ich meine Augen nicht mehr aufhalten konnte, legte ich mich unter ihren Schreibtisch auf meine Jacke und sie erzählte mir von Tieren, die niemand kannte, von versunkenen Städten, dem Mond, Filmen und Pink Floyd.

Ich strich mit dem Finger über die Zeitung, Kolja hatte irgendetwas mit dem Kugelschreiber über die letzte Zeile des Artikels geschrieben, sodass ich keins der folgenden Wörter erkennen konnte. Weder seine noch die darunter. Seitdem die ersten Artikel erschienen waren, hatte ich sie so oft gelesen, dass ich sie rückwärts aufsagen konnte, und trotzdem stand in keinem von ihnen das, was ich wirklich wissen wollte.

Im Zelt war es so heiß, dass ich mich umgekehrt hinlegen musste. Also mit dem Kopf zum Ausgang, da wo sonst die Füße lagen. Ich sah in den Himmel und der Wind strich über meine Haut. Er war immer noch warm, zum ersten Mal an diesem Tag spürte ich meine von der Sonne verbrannte Stirn. Abwechselnd mit meinem Knie. Stimmen drangen aus den weit geöffneten Fenstern der gegenüberstehenden Häuser, sie streiften aneinander vorbei, ohne sich zu Sätzen zusammenzufügen, weiter weg wurde etwas umgeschmissen, danach ein Geräusch, das ich nicht zuordnen konnte. Ich stand auf und ging Richtung Dachkante.

KAPITEL 4

Das Geräusch, das ich gehört hatte, kam näher. Alles was ich sah, war die verlassene Straße. Nachdem ich die Urne in den Rucksack geschoben hatte, schlich ich mit ihm durch das Treppenhaus nach unten. Erst vor der Haustür blieb ich stehen, der Wind wehte zwei Plastiktüten über den Asphalt, hoch zu den Laternen. Ich schlich ihnen entgegen, als würde ich ihnen auflauern, durch das gelbe Licht der Laternen, es schnitt Schatten in die Straße und unterteilte sie in hell und dunkel. Ich fühlte mehr, als dass ich sah, dass irgendetwas auf mich zukam, und hörte das Geräusch näher kommen. Den Atem anhaltend starrte ich in das Schwarz der Straße. Irgendetwas war da, und hier war ich, und zwischen uns die Finsternis. Benommen blinzelte ich, und wurde mit jedem weiteren Geräusch schneller. Vor der Haustür angekommen, streifte ich mir nicht einmal den Schlüssel, der an einem Band um meinen Hals hing, über den Kopf, sondern versuchte ihn, direkt ins Schloss zu kriegen. Meine Finger zitterten. Dreimal versuchte ich es, schaffte es nicht und rannte weiter. Die Häuser entlang, quer über die Straße, ich war schnell und blickte hinter mich, die Schatten an den Fassaden waren größer geworden und hatten die Form eines Tigers bekommen. Für eine Sekunde war ich mir sicher, dass er mir gelangweilt in die Augen sah. Von dem Moment an roch die Stille anders.

Über Tiger gab es einiges zu wissen. Bis vor einigen Monaten hatte ich davon noch keine Ahnung gehabt, doch jetzt war ich elf und kannte alle Geheimnisse der Welt. Es gab Menschen, mit denen irgendetwas nicht stimmte, denn sie jagten andere Menschen. Meistens nachts, manchmal auch am Tag. Aber das war nicht das, wovon sie lebten, sondern vom Chaos, nur davon wurden sie satt. Das schlangen sie herunter, so schnell, dass ihnen einige Teile wieder hochkamen, sodass sie sie erneut herunterwürgen mussten. Das hier war einer von ihnen. Er hatte einen großen Körper mit noch größeren Knochen. Ich konnte das Geräusch seiner Krallen auf dem Asphalt hören.

Ich erreichte das Ende der Straße, bog nach links, doch da, wo die Ecke einmal gewesen war, war sie nicht mehr. Stattdessen stieß ich wogegen, da war ein Gesicht. Oder auch nicht. Vincent, dachte ich noch. Er war es wirklich. Er stand da und sah zu mir hinunter, überrascht, dann nahm er einen Schluck aus der Bierflasche in seiner Hand und legte einen Zeigefinger über seine Lippen, wie um mir zu sagen, ich solle ebenfalls still bleiben. Ich machte es ihm nach, hielt mir die andere Hand noch zusätzlich vor den Mund und drehte mich hektisch um, nach links, rechts, zwei Schritte vor, dann zurück. Der Tiger war verschwunden, auf der Straße hörte es sich an, als hätte jemand alle Geräusche mit nach Hause genommen. Wir gingen zurück, und auch wenn ich nicht wusste, warum, fühlte es sich wie ein Déjà-vu an. Das war so etwas wie eine seltsame französische Krankheit, die einen in der Zeit feststecken und dasselbe immer wieder erleben ließ. Im Treppenhaus angekommen knisterten die Lampen, es dauerte ein paar Sekunden, dann wurde es heller und das Licht knallte auf das Geländer.

»Hallo.«

»Selber hallo«, sagte Vincent, während er neben mir die Stufen hochging.

Mehr hatte ich mir nicht zurechtgelegt.

»Wohnst du nicht im vierten Stock?«

Ich nickte.

»Zusammen mit deinen Eltern?«

»Warum fragst du nach meinen Eltern?«

Vincent lächelte.

»Weil du ein Kind bist.«

Abwartend rieb ich meine Finger gegeneinander und sah ihn aufmerksam an.

»Woher ist die?«, fragte ich ihn und zeigte auf die Verletzung an seinem Hals.

Sie war so groß wie eine Hand. Jedenfalls nahm ich das an, denn das Pflaster war es.

»Wird daraus eine Narbe?«

»Vielleicht …«

»Hast du noch mehr Narben?«

Er nickte. Da war noch eine an seinem rechten Fuß, mit dem er gegen eine Tür getreten hatte. Und eine auf der Brust.

»Kann ich die sehen?«

»Nein.«

»Nur eine Minute.«

»Vergiss es«, lachte er und schüttelte den Kopf.

Schließlich schob er sein Hemd ein Stück zur Seite.

Die Narbe war lang und zog sich von seiner Schulter aus etwa eine Handbreit nach unten. Ich überholte ihn, stellte mich zwei Stufen höher als er und legte meine Handfläche auf seine Brust. Er meinte, er könne sich nicht vorstellen, dass ich noch nie eine Narbe gesehen hätte, und damit hatte er auch recht, doch das sagte ich ihm nicht. Er hatte auch noch eine am Knie, aber die zeigte er mir nicht. Auch ich hatte eine am Knie, vom Rennen im Schwimmbad, und eine viel kürzere auf der Stirn. Da war ich mit dem Fahrrad einen Abhang heruntergefahren und von einem Holzzaun aufgespießt worden. Wir waren im fünften Stock angekommen. Da, wo Vincent wohnte. Und er blieb stehen. Er ging nicht in seine Wohnung, er blieb stehen und lehnte sich mit der Schulter gegen die Wand. Ich machte es ihm nach. Meine Knie zitterten immer noch, trotzdem fühlte ich mich großartig. Das hörte direkt wieder auf, als er mir die nächste Frage stellte.

»Ist sie schwer? Die Urne?«

Sein Blick blieb an dem Rucksack auf meinem Rücken hängen. Ich war so überrascht, dass ich nicht antworten konnte, und wartete auf so etwas wie einen Meteoriten, der aus dem Himmel schießen, in die Straße einschlagen und einen Krater darin hinterlassen würde. Groß genug, dass ich hineinschauen und darin ein Wort erkennen konnte. Eines, das mir sagte, was ich tun musste und bei dem ich mir richtig sicher sein konnte, dass es auch das Richtige war. Aber es schlug nichts ein. Es war noch nie etwas eingeschlagen. Also nickte ich nur, und da nickte Vincent auch.

»Darf ich mal sehen?«

»Woher weißt du, dass …?«

»Ich habe dich heute Abend damit vor dem Kiosk stehen sehen.«

Ich ließ ihn einen Blick in den Rucksack werfen, gab die Urne aber nicht her und wusste nicht, wo ich hingucken sollte. Erst schaute ich aus dem Fenster, dann die Treppe herunter und ganz kurz auf seine Schuhe. Er hatte direkt verstanden, was los war. Nicht einmal ich selbst hatte das.

»Wo hast du sie her?«

»Geklaut«, antwortete ich knapp.

»Und was willst du damit?«

Ich zuckte mit den Schultern und wünschte mir die erste Frage zurück.

»Ich weiß nicht. Nichts.«

»Warum hast du sie denn gestohlen?«

Ich merkte, wie mir heiß wurde, und zuckte mit den Schultern.

»Hast du Hunger?«

Kaum hatte er die Frage beendet, schloss er seine Wohnungstür auf, warf die Tasche, die er in der Hand hielt, in den Flur dahinter und zog die Tür wieder zu.

»Am anderen Ende der Straße gibt es einen Laden, ich glaube, die haben die ganze Nacht auf.«

»Nach neun darf ich nicht mehr raus.«

»Wir kommen doch von draußen …«, lachte Vincent.

Dann hielt er inne, um die Tür wieder aufzuschließen.

»Na komm schon rein.«

Sobald ich in seinem Flur stand, verschwand das seltsame Gefühl, das mich beunruhigt hatte. Ich wollte etwas sagen.

»Netter Teppich.«

»Da geht es ins Bad … falls du dir die Farbe in deinem Gesicht abwaschen willst. Handtücher liegen im Regal und Seife neben dem Waschbecken.«

Noch nie zuvor war ich in Vincents Wohnung gewesen. Im Flur war es dunkel, schemenhaft sah ich die Umrisse von herumliegenden Kleidungsstücken, es roch nach gekochten Tomaten. Der Rest der Wohnung kam mir vor wie eins seiner hochgekrempelten hellen Hemden. Es war nicht so ein glatter Stoff, wie ich ihn von denen meines Vaters kannte, stattdessen war er leichter und rau. Es war auch kein richtiges

Weiß, sondern dunkler, fast grau. Ich folgte Vincent ins Wohnzimmer, er schaltete eine kleine Lampe an. Das zweite Licht kam von einem Laptop, der aufgeklappt auf dem Sofa stand. Sorgfältig aufeinandergestapelte Papiere lagen auf dem Boden. Es war ein großes Zimmer, mit drei hohen Fenstern, in dessen Mitte ein dicker Teppich lag wie eine Insel, vielleicht auch ein Rettungsboot, darauf das Sofa, ein niedriger Tisch, Kissen und Decken. Ich wollte darin versinken. Unter dem Fenster stand eine Stereoanlage, sie sah alt aus. So eine Anlage hatten wir nicht zu Hause, und das war nicht das Einzige, was Vincent hatte. Daneben stapelten sich unendlich viele Schallplatten. Unendlich war eine Lüge, aber ich schätzte, dass es mindestens zweihundert waren. Mein Vater hörte keine Musik, höchstens Radio, aber das war nicht dasselbe. Vincent verließ das Zimmer, da war das Geräusch von aneinanderklappernden Tellern und ich hörte ihn irgendetwas singen. Währenddessen kauerte ich mich in die Kissen, weit runter an einen Ort, an dem ich die letzten Stunden vergessen konnte. Dann verflüssigte sich die Zeit, flutete alle Zimmer und wurde wieder dicker, sie tropfte dick wie Schleim vom Tisch herunter und ich sah aus dem offenen Fenster. Erst als Vincent hereinkam und eine Schüssel mit dampfenden Nudeln auf den Tisch stellte, spürte ich, wie erschöpft ich war. Er kehrte noch einmal um.

»Die Gabel fehlt noch.«

»Ich will sowieso nichts«, sagte ich.

»Und ich habe schon gegessen«, entgegnete er. »Die sind für dich. Konntest du nicht schlafen? Musst du morgen nicht zur Schule?«

»Sommerferien.«

Er musterte das fleckige T-Shirt, das ich mir umgebunden hatte, und redete weiter, als ich nichts sagte.

»Ich bin gegen zehn eingeschlafen, nur um mitten in der Nacht wieder aufzuwachen.«

Als wäre mir dasselbe passiert, suchte ich das Zimmer nach einer Uhr ab und konnte keine finden.

»Wie spät ist es überhaupt?«

Es war kurz nach drei. Geisterstunde. Die meisten Menschen dachten, sie sei um Mitternacht, dann wenn der Zeiger über die Zwölf hinwegdriftet, doch das stimmte nicht. Sie war drei Stunden später.

Ich wollte wissen, ob Vincent Tiere mag, und er fragte mich, ob ich Musik mag. Während wir miteinander redeten, warf er ununterbrochen einen Tennisball in einem weiten Bogen gegen die gegenüberliegende Wand. Er prallte ab und kam zurück. Vincent stellte keine Fragen, von denen er die Antwort nicht wissen wollte, und er stellte auch keine, von denen er glaubte, die Antwort schon zu wissen. Auch sein Ton veränderte sich nicht, wie es bei Erwachsenen sonst so oft passiert, wenn sie mit mir reden. Stattdessen sprach er mit mir, als wäre ich eine richtige Person, und wenn ich etwas sagte, sah er mich an und hörte mir zu, als würde ich etwas unheimlich Wichtiges sagen.

Also Dinge, die noch niemandem vor mir eingefallen waren.

Manchmal dauerte es, bis ich eine Antwort von ihm bekam. So lange, dass ich meine Frage schon wieder vergessen hatte. Ich konnte mich gar nicht mehr daran erinnern, wie es früher ohne so viele Gedanken in meinem Kopf gewesen war. Noch vor drei Wochen waren es viel weniger gewesen, und davor noch weniger. Vor einem Jahr, da war ich mir sicher, hatte ich niemals nachgedacht, und jetzt dachte ich nur noch, und je mehr ich mich anstrengte nicht zu denken, desto mehr dachte ich. Ich dachte und dachte und dachte. Auch darüber, ob man zu viel nachdenken konnte.

Die Nudeln quietschten zwischen meinen Zähnen, und auch wenn ich nicht alles verstand, was Vincent mir erzählte, hörte ich ihm gerne zu. Er war aufgestanden, lehnte an einem der Fensterrahmen und zündete sich eine Zigarette an. Der Qualm stieg über seinen Kopf hinweg, drehte sich und waberte langsam durch das Zimmer, bis er sich nach draußen schob. Dort löste er sich auf.

»Wartet um diese Zeit niemand auf dich? Mit wem wohnst du denn da unten?«

»Mit meinem Vater und …«, sagte ich.

Erstaunt, wie merkwürdig es sich anfühlte, meine Mutter nicht mehr zu erwähnen, hielt ich inne, »… mit dem wohne ich da.«

»Klingt, als wärst du darüber nicht besonders glücklich.«

Ich zuckte mit den Schultern.

»Ich weiß nicht.«

Und das stimmte wirklich.

»Ich mag ihn, aber irgendwie …«

Auch wenn ich wusste, wie es sich anfühlte, konnte ich es nicht beschreiben. Vincent schien nachzudenken, dabei sah sein Gesicht genauso vergesslich wie konzentriert aus, und dann, als er fertig war, sagte er: »… aber irgendwie kannst du ihn auch nicht leiden, oder?«

»Ja, manchmal sogar beides gleichzeitig.«

Ich klemmte mir die Gabel zwischen die Lippen und ließ die leere Schüssel zwischen die Kissen sickern.

»Dann mag ich ihn, und im selben Augenblick kann ihn nicht ausstehen.«

Lange hatte ich gedacht, dass Menschen, die hinter denselben Fenstern lebten, eine Familie waren. Doch je länger ich darüber nachdachte, umso seltsamer kam mir das vor. Anders als alle anderen Menschen, die ich kannte, waren meine Eltern die Einzigen, die mir von niemandem vorgestellt worden waren. Ich hatte sie mir auch nicht ausgesucht, stattdessen war ich einfach zwischen ihnen und sie neben mir aufgetaucht. Vincent nahm das Feuerzeug in die Hand, als wollte er es ausprobieren, klappte es auf und schloss es wieder.

»Hast du deinen Vater mal gehasst? Für einen Tag oder ein Jahr?«, fragte ich.

»Na klar«, entgegnete er, ohne zu überlegen, und

lächelte. »Wir haben uns oft gestritten. Irgendwann bin ich gegangen.«

»Einfach so? Wie lange hast du ihn nicht gesehen?«

»Elf Jahre.«

Ich riss die Augen auf.

»Das ist mein ganzes Leben.« Vincent zuckte mit den Schultern. »Wirst du ihn wiedersehen?«

»Er lebt nicht mehr.«

»Was ist passiert?«

»Er ist von einer Brücke gestürzt.«

Als ich ging, war es immer noch dunkel. Vincent verschwand hinter seiner Wohnungstür, und kaum hatte er sie geschlossen, fühlte sich alles genauso schwer wie vorher an. Auch die Dunkelheit, die ich sonst gemocht hatte, konnte mir heute nicht helfen. Damit Vincent nichts bemerkte, tat ich so, als würde ich ein Stockwerk tiefer gehen, um direkt danach wieder umzudrehen. Immer wieder innehaltend, schlich ich die Stufen hoch bis auf das Dach. Es war ruhig. So schnell ich konnte, verkeilte ich die morsche Tür mit einem Holzstuhl. Ich war alt genug, um zu wissen, dass ich sterben würde, und hatte beschlossen, meinen Tod so lange wie möglich hinauszuzögern. Auf den Stuhl stapelte ich die Teller und Gabeln, die ich mitgenommen hatte, darauf das lange Küchenmesser. Ich hatte mir etwas überlegt. Sollte irgendjemand oder irgendetwas während der Nacht auf das Dach kommen und gegen die Tür stoßen, würde ich vom Lärm des herunterfallenden Geschirrs aufwachen und auf die andere Seite des Daches rennen. Die, die an das nächste Haus grenzte. Etwa drei Meter Luft befanden sich dazwischen, aber auch darauf war ich vorbereitet. Eine schmale Holzplanke lag neben der Dachkante, zum Überbrücken, und wenn das nicht klappen würde, war da noch das Küchenmesser. Damit würde ich jedem, der mir zu nahe kam, zwischen die Rippen stechen. Das war nicht das Einzige, was ich mir zum Tod überlegt hatte. Ich wollte nicht nur so spät wie möglich, sondern auch auf eine bestimmte Art sterben. Auf keinen Fall an einer Krankheit. Genauso sehr hasste ich die Vorstellung, im Magen eines Wals zugrunde zu gehen. Angenommen ich war nicht direkt tot und lebte zwischen seinen Knochen und tropfenden Organen weiter und bekam Hunger, dann war alles, was ich hatte, das, was mit mir in seinen Bauch gefallen war. Andererseits waren seine Magensäfte womöglich so giftig, dass sie mich innerhalb von einer Minute töten würden. Das hörte sich schnell an, war aber immer noch lange genug, um sehen zu können, wie sich die Haut auf meinen Knochen auflösen würde. Ich wollte auch nicht erstochen werden. Selbst wenn ich nicht wusste, wie sich das anfühlte, und es mir niemand sagen wollte. Mit der Urne im Arm setzte ich mich auf die Dachkante und schaute auf die andere Straßenseite, eines der Fenster stand offen und ich starrte hinein wie in einen Abgrund, in den ich hineinfallen könnte.

KAPITEL 5

Kolja schlug die Augen auf und drehte sich stöhnend von der Seite auf den Rücken. Für einen Augenblick glaubte er sich in Nepal zu befinden. Im blauen Licht der Dämmerung, das durch das offene Fenster schien, erkannte er die verschwommenen Konturen seiner Brille, eines Hemdes und einer Haschpfeife, daneben eine halbleere Flasche. Seine Haare klebten ihm an der Stirn. Blinzelnd tastete er nach seiner Armbanduhr und fand sie unter einem der Ärmel, es war kurz nach vier.

Als er das nächste Mal auf das helle Ziffernblatt sah, waren elf Minuten vergangen. Er rieb sich die gelben Verkrustungen der Nacht aus den Augen und drehte sich zurück auf die Seite, dann auf den Bauch und stand schließlich auf. Unwillkürlich strich er über sein linkes Bein und blickte auf die dünnen Narben. Der Splitter einer Artilleriegranate hatte es getroffen. Als es passiert war, hatte er reingegriffen, um die Schlagader zu suchen. Sie war unberührt geblieben. In der Hose, die er anzog, hörte er seine Schlüssel klimpern. Mit dem offenen Hemd über den Schultern und einem Paar Hosenträgern in der Hand betrat er den dunklen Flur. Es war dieses Geräusch, das ihn zum Stehenbleiben brachte, noch bevor ihm bewusst wurde, dass er es gehört hatte. Erst war es ein Knacken, dann ein Scharren. Irgendetwas daran kam ihm bekannt vor, aber er wusste nicht was. Ohne seine Füße von der Stelle zu bewegen, drehte er den Kopf, um zu begreifen, wo es herkam, und je mehr Sekunden vergingen, desto stärker schien es ihm, als würden die Wände zurückhorchen. Fast ein Jahr lang hatte er in der Klinik gelegen. Ein Windstoß zog durch das offene Schlafzimmerfenster zu ihm in den tiefseeblauen Gang. Er spuckte auf die Mückenstiche auf seinen Armen und schloss die Augen. Dabei versuchte er an irgendetwas zu denken. Daran, was er gestern über die Handelskonflikte, über China, die USA, einen Atomdeal mit dem Iran und russisch-britische Verstrickungen in der Zeitung gelesen hatte. Er war einmal in China gewesen, und die wenigen Worte, an die er sich erinnern konnte, gingen ihm wie die letzten Fragmente eines Traums durch den Kopf, dann lösten sie sich zwischen seinen Ohren auf. Kopfschüttelnd und mit einer Unruhe, die er nicht kannte, ging er in die Küche.

Erst als die Haustür hinter ihm ins Schloss fiel und er auf der Straße stand, bemerkte er, wie sehr sein Hemd nach Rauch stank. Er schob die Schlüssel in seine Hosentasche, überquerte die Straße und betrachtete in den verdreckten Fensterscheiben der parkenden Autos sein Spiegelbild. Falten zogen sich wie Häuserschluchten einer anderen Stadt durch sein von der Sonne verbranntes Gesicht. Die Luft, immer noch blau von der Nacht, mischte sich mit Orange und während er darüber nachdachte, zu welchem Tag dieser Morgen gehörte, bekam er das Gefühl, dass er dasselbe schon tausendmal getan hatte und genauso oft wieder tun würde. Als wenn sich alles immer – und immer – und immer – wieder – wiederholen würde und diese Straße, der Wind, die Dämmerung, nicht seine, sondern die Erinnerung eines anderen sei, in die er versehentlich hineingeraten war. Gedächtnisschwund war eine der besten Arten, sein Leben zu bewältigen. In der *New York Times* hatte Kolja gelesen, dass die Gehirnzellen, die Melancholie auslösen, im Alter absterben. Leider starben dabei auch noch viele andere, aber egal. Kolja glaubte, dass ihm das passiert war. Das und der Gedächtnisschwund. Auch sein Gefühl für die Zeit hatte er verloren. Er dachte an Levi, daran, wie er selbst elf Jahre alt gewesen war, an die Zeit dazwischen, und es kam ihm vor, als würde alles gleichzeitig statt hintereinander passieren. Er war zufrieden, so jung zu sein, wie er war, und er war zufrieden darüber, so alt zu sein wie er war. Wenn er durch die Straßen lief, dann lief er ewig. Wenn er Whiskey trank, dann ewig. Irgendjemand hatte ihm erzählt, dass er sich so den Tod vorstellte. Wie einen Kreis. Kolja fand diesen Gedanken genauso schön wie beunruhigend. Er glaubte nicht daran und setzte sich auf die Stufen vor seinem Kiosk. Es war erst kurz nach sechs, die Hitze war in die Stadt zurückgekehrt. Die Sonne reflektierte auf dem Asphalt. Kolja strich mit den Schuhen über die verstreuten Sonnenblumenkerne, die vor ihm lagen. Sein Vater hatte ihm das mit dem Tod erzählt. Er wusste sogar noch, an welchem Tag es gewesen war: 1977 am sechsten Januar. Für die meisten war das der Tag, an dem die Charta 77 veröffentlicht worden war. Ein Tag, der so klang, als hätte ihn sich jemand ausgedacht. Da waren Václav Havel, Ludvík Vaculík, der, wenn sich Kolja richtig erinnerte, Schriftsteller gewesen war, und Pavel Landovský, ein Schauspieler. Sie hatten die Charta-Proklamation zur tschechoslowakischen Föderalversammlung bringen wollen. Auf dem Weg dorthin waren sie nach einer Verfolgungsjagd mit der Polizei festgenommen worden. Dennoch war die Charta veröffentlicht worden, auch wenn es nicht in Prag gewesen war. Zuerst war sie am selben Tag in der französischen Tageszeitung *Le Monde* gedruckt worden. Weitere Zeitungen wie die *Times* folgten.

Für Kolja war es der Tag, an dem er zwanzig Jahre alt geworden und sein Vater verschwunden war. Getrennt voneinander waren sie verhaftet und verhört worden, und nachdem Kolja das Polizeirevier verlassen hatte, waren vier Tage vergangen, in denen er auf ihn gewartet hatte. Davor, auf der Straße. Er war nicht wieder herausgekommen. Danach hatte Kolja das Land verlassen und war über Umwege nach New York gelangt. Er glaubte nicht daran, dass der Tod irgendetwas mit der Unendlichkeit zu tun hatte, bisher hatte er noch nichts gefunden, das unendlich war, außer vielleicht Gedanken. Auch nicht alle, aber immerhin einige. Alles andere hatte ein Ende und auch einen Anfang. Kolja sah keinen Grund, warum der Tod anders sein sollte. Die Sonne ging auf und unter. Woran er glaubte, das war der Zufall. Das und Kollisionen. Ein letztes Mal zog er an der Zigarette zwischen seinen Fingern, schnippte den glimmenden Rest vor sich auf die Straße und legte den Kopf in den Nacken. Er wollte nicht über den Tod nachdenken, allein der Klang dieses Wortes langweilte ihn. Es war nicht einmal mehr als ein Laut, sodass es sich wie die Abkürzung der thailändischen Telefongesellschaft anhörte: TOT. Oder wie die geplante Ankunftszeit eines Kampfjets am Ziel, time over target, kurz: TOT. Mrtvý gefiel ihm besser, das klang genauso wie martwy im Polnischen, mrtav, morta, muerto. Es hörte sich olivgrün an. Als er elf Jahre alt gewesen war, hatte er fast jeden Tag zusammen mit seinem Vater auf einer Luftmatratze vor der Visumstelle der Handelsmission in Prag verbracht. Kolja hatte am Tag gewartet und sein Vater während der Nacht. Mehrfach hintereinander waren dessen Auslandsreiseanträge abgelehnt worden, jeder neue hatte sich über Monate hinweg gezogen. Und dann fehlte noch das Visum. Auch der Prager Frühling hatte nichts verändert, vielleicht hatte er es auch sogar komplizierter gemacht: Nachdem es für einige Monate so ausgesehen hatte, als würde sich die Welt verändern, besetzten an einem der wärmsten Tage im August russische Truppen innerhalb von 36 Stunden das gesamte Land und alles, was sich bis dahin verändert hatte, war wie zurückgedreht worden. Das waren die letzten Tage gewesen, in denen Kolja sich seinem Vater nah gefühlt hatte, zusammen waren sie durch Tschechien gefahren, hatten draußen geschlafen, waren in Seen schwimmen gewesen und hatten die Straßenschilder aus der Erde gezogen und umgedreht, sodass die russischen Soldaten mit den Landkarten in den Händen orientierungslos auf den Straßen gestanden hatten. Auch die Zeit hatte von da an still gestanden, selbst der Regen schien von unten nach oben zu fallen. Vielleicht war Kolja deswegen Kriegsfotograf geworden. Vielleicht war es auch nur wegen *Krieg der Sterne* oder wegen der Fotos aus dem Krieg im Baskenland, die er unentwegt in den Zeitungen gesehen hatte, später dann aus Vietnam. Fotos, die weder einfach anzusehen, noch zu vergessen gewesen waren. Keines davon hatte irgendetwas erklärt, nicht einmal die Geschichte, auch nicht, was am Tag zuvor passiert sein könnte, und dennoch zeigten sie mehr als die Artikel, oft standen sie sogar im Widerspruch zu ihnen. Kolja waren sie wie das Einzige vorgekommen, das ihm wirklich gezeigt hatte, was passierte. Eine Realität, die außerhalb eines Krieges undenkbar gewesen wäre. Nachdem er sich entschlossen hatte, Kriegsfotograf zu werden, waren noch ein paar

Jahre vergangen. Nicht nur wegen der Vorbereitung darauf, sondern vor allem, weil ihm die Zuversicht gefehlt hatte, denn was er da schon gewusst hatte, war, dass er niemanden von sich überzeugen konnte, wenn er es nicht einmal selbst glaubte. Dazu kam, dass er noch nie fotografiert hatte. Während Kolja das Scherengitter, das sich vor dem Kiosk befand, nach oben schob und die Tür dahinter aufschloss, erinnerte er sich an die Fehler, die er gemacht hatte, und lächelte. Er war sich sicher, dass er dabei sogar Fehler erfunden hatte. Fehler, die noch niemand vor ihm gemacht hatte.

Bevor er die aktuellen Zeitungen aus der Metallkiste vor dem Laden holte, wischte er sich die Hände an seiner Hose ab. Jeden Morgen lagen dort die neuen Zeitungen, abends schmiss er die übriggebliebenen wieder hinein, damit sie in der kommenden Nacht ausgetauscht wurden. Zwischen den wenigen Regalen war es unerträglich heiß, er kochte Kaffee, brachte zwei Plastikstühle, einen schmalen vom Regen rissigen Holztisch und einen Sonnenschirm nach draußen, zuletzt holte er zwei seiner Kameras, schraubte ihre Objektive ab und sortierte sie parallel zueinander auf ein weißes Tuch, das er auf den Tisch gelegt hatte. Er vergaß das Radio anzuschalten, verscheuchte die Fliegen und begann, die einzelnen Teile vor sich zu reinigen. Als er fertig war, baute er sie wieder zusammen, ließ sie nebeneinander auf dem Tisch stehen, lehnte sich zurück und drückte willkürlich auf den Auslöser, mehrmals hintereinander innerhalb weniger Minuten, dann alle paar Stunden, dabei schaute er nicht einmal in die Richtung, in die seine Kamera gerichtet war, stattdessen waren seine Augen geschlossen. Das Einzige, was er hoffte, war, von dem Geräusch des Auslösers einzuschlafen.

Jemand blieb neben ihm stehen; auch ohne die Augen zu öffnen, wusste Kolja, wer es war. Sein Knie schmerzte, als er aufstand, er versuchte sich an den Namen zu erinnern. Irgendetwas mit »C«, das wusste er noch, vielleicht war es auch ein anderer Buchstabe gewesen, doch anstelle der Namen fielen ihm meistens nur die Dinge ein, deretwegen die Leute seinen Laden betraten. Die meisten kauften immer das Gleiche, kamen an den gleichen Tagen, oft sogar zu den gleichen Uhrzeiten, ohne es selbst zu bemerken.

»Fisherman's und Gauloises …?«

»Ja. Und eine Flasche davon, trinkst du was mit?«

Erst als Kolja die Schachtel in der Hand hielt, fiel ihm der Name wieder ein: Vincent. Er schätzte sein Alter auf dreißig, die dunkelbraunen Haare fielen ihm bis über die Stirn. Darunter wache Augen. Er lebte auf der anderen Straßenseite. Seitdem Kolja den Kiosk betrieb, kam Vincent fast jeden Tag. Er mochte ihn. Da waren Menschen, mit denen er sich instinktiv verstand, daneben die, mit denen er sich langweilte, andere waren in Ordnung, aber mehr auch nicht, und dann waren da noch die, mit denen er es nicht einmal versuchte. Vincent erinnerte Kolja an jemanden: an

Tom, obwohl die beiden nicht im selben Alter waren. Vierundzwanzig Jahre lagen zwischen ihnen. Tom war im selben wie Kolja geboren. Nur nicht in Tschechien, sondern in Südafrika, als dieser Teil noch keine Republik gewesen war, erst vier Jahre später. Er war unter fünf verschiedenen Präsidenten aufgewachsen. Er hatte davon geträumt, Pilot zu werden und war schließlich Journalist geworden. Am Anfang waren sie sich zwar begegnet, doch hatten nie zusammengearbeitet, Tom redete viel, sehr viel, außerdem kam er meistens zu spät. Kolja hasste das. Irgendwann hatten sie sich zufällig im *Mr. Kiwi's*, einem Supermarkt in Brooklyn getroffen.

Während Tom mit ausgebreiteten Armen auf ihn zugelaufen war, hatte er lachend durch den Gang gerufen, dass er gehört habe, Kolja sei gestorben. Danach hatten sie angefangen miteinander zu arbeiten.

Mit den Flaschen in der Hand ging Kolja nach draußen. Vincent folgte ihm. Bevor er sich setzte, holte er ein Buch hinten aus seiner Hosentasche und legte es neben die Oliven auf die Tischplatte. Erst als Kolja sich vorbeugte und die Kerne der Oliven auf den Asphalt spuckte, fiel ihm auf, was für ein Buch es war.

»Die Bibel?«

»Ja, ich habe sie noch nie gelesen und ich dachte …«, Vincent schlug sie in der Mitte auf und blätterte willkürlich durch die Seiten, »… ich dachte, wenn ich anfange zu lesen, sollte ich damit anfangen.«

»Jesus stirbt am Ende.«

»Wieso …«

»Und dann kommt er wieder.«

Vincent sah ihn an, als wollte er etwas sagen, doch er schien es sich anders überlegt zu haben.

»Hast du das hier gelesen?«, fragte Kolja, nachdem er eine der Zeitungen auseinandergefaltet hatte.

»Ich lese keine Zeitung.«

Kolja lächelte und nickte nahezu unbemerkt. Manchmal ging es ihm genauso und er hasste die Zeitungen. Nie lange, höchstens ein oder zwei Tage. Wegen der Welt, die sich auf ihren Seiten reflektierte.

»Aber du hast mitbekommen, dass eine Leiche aus der Pathologie gestohlen wurde?«

Vincent zuckte mit den Schultern.

»Sie ist immer noch nicht gefunden worden.«

»Die wird schon wieder auftauchen.«

»Es wurde sogar ein Bild veröffentlicht.«

»Von der Leiche?«

»Nein, es sieht aus wie …«, Kolja holte seine Brille aus der Hemdtasche und setzte sie auf, »… als wäre es am Flughafen von einer Überwachungskamera aufgenommen worden. Offenbar ist der Mann im Krankenwagen auf dem Weg zur Klinik verstorben. Ich könnte schwören, ich habe ihn schon einmal gesehen, kommt er dir nicht bekannt vor?«

»Nein.«

»Du hast ja nicht einmal hingesehen.«

Er hielt Vincent die Seite vor das Gesicht, dieser

wandte sich ab und schob sie mit einer Hand von sich weg, sodass die Seite riss.

»Siehst du ihn?«

»Ja.«

»Ja und?«

»Ja was und? Ich kenne ihn nicht!«

Kolja strich mit einer ausholenden Bewegung die Zeitung glatt.

»Was meinst du, was da passiert ist?«

»Soll das ein Verhör werden?«

»Nein …«, Kolja lehnte sich zurück und schloss die Augen. »… außer du hast ihn in deiner Kühltruhe liegen.«

»Ich habe nicht mal eine Kühltruhe.«

»Auch keinen Kühlschrank?«

»Schon, aber da würde keine Leiche hineinpassen.«

»Wenn du den Kopf und die Gliedmaßen abschneidest, könntest du die Teile einzeln hineinschieben. Was glaubst du, warum sie gestohlen wurde?«

Kolja öffnete die Augen und wandte sich Vincent zu.

»Ich weiß nicht.«

»Vor ein paar Monaten, vielleicht ist es auch schon ein Jahr her, sind zwölf Leichen gestohlen worden. Allerdings lagen die jeweils in Särgen aufgestapelt im Frachtraum eines Transporters. Die Diebe wussten gar nichts davon, hatten es lediglich auf das Auto abgesehen. Aber die hier …«, er tippte mit dem Finger auf das Foto, »… wurde direkt aus der Pathologie gestohlen. Vielleicht ist sie gar nicht geklaut worden.«

»Sondern?«

»Möglicherweise ist sie entführt worden.«

»Niemand entführt eine Leiche.«

»Charlie Chaplins Leiche ist entführt worden.«

Vincent sah Kolja an, als würde sich dieser das ausdenken, und zündete sich eine Zigarette an.

»Wirklich! Drei Monate, nachdem er gestorben ist, wurde sein Grab geöffnet, der Sarg herausgeholt und verschwand. Und rat mal, was dann passierte …«

»Was?«

»Ein Lösegeld wurde gefordert.«

»Wie viel?«

»600 000 Franken.«

Kolja schob die Tabakreste auf dem Tisch vor sich zu einem Kreis zusammen.

»Wurde es bezahlt?«

»Nein, die Täter wurden gefasst.«

»Weißt du noch, wer es war?«

»Zwei Automechaniker«, sagte Kolja und verschränkte seine Arme. »Vielleicht ging es auch gar nicht um die Leiche.«

»Natürlich nicht, es ging um das Geld.«

»Ich meine bei der aus der Pathologie …«, mit einer Handbewegung wischte Kolja den Tabak vom Tisch und schaute zu, wie sich die braunen Partikel in der Luft drehten und auf dem Asphalt verteilten, »… vielleicht ging es um etwas anderes. Es ist doch seltsam oder nicht? Ging es um die Leiche oder um die Pathologin? Sie wohnte im selben Haus wie du.«

»Wirklich?«

»Ja, Katharina Naquin. Gestern war ihre Beerdigung.«

Vincent stand auf, das Sonnenlicht schien ihn zu blenden und Kolja folgte seinem Blick. Er erkannte Davids Gestalt auf der gegenüberliegenden Straßenseite. Der schien unentschlossen, entfernte sich ein paar Schritte und kehrte schließlich zurück. Vincent schob seine Zigaretten in die Hosentasche, nahm die Bibel und verabschiedete sich, bevor er ging. Kolja dagegen leerte den Aschenbecher und betrachtete die Flaschen, die vor ihm auf dem Tisch standen. Das Sonnenlicht flimmerte durch sie hindurch, sodass sie braune Schatten warfen. Er räumte sie weg, sodass nichts mehr an Vincent erinnerte.

Kolja sah in David nicht den hochgewachsenen Mann mit den dunklen Haaren und einem Gesicht, das zu Paul Newman hätte gehören können. Wenn er ihn anschaute, erkannte er Anspannung, Wut und Ernüchterung. Er wirkte müde. Seine Haare standen ihm auf einer Seite vom Kopf ab, als wäre er gerade erst aufgestanden und auf die Straße gelaufen. Ein schmaler Abdruck verlief von seiner Schläfe bis zum Mundwinkel, die Schnürsenkel seiner sauberen Lederschuhe schleiften lose über den Boden. Er war groß, größer als Kolja, seine Bewegungen waren schnell und ungeduldig. Auf dem weißen Hemd, das er trug, verteilten sich unregelmäßige rote Flecken, die wie Blut aussahen, und dennoch hatte Kolja neben ihm das Gefühl, er wäre es, dem der Dreck zwischen den Zähnen lag. Seitdem

David in diese Straße gezogen war, hatte Kolja mit ihm höchstens einmal gesprochen, wenn er die Gelegenheiten, an denen David seinen Sohn mit einer Silbe bei ihm abgeholt hatte, nicht mitzählte. Er sah immer gleich aus, weißes Hemd und dunkle Hosen. Morgens sah Kolja ihn das Haus verlassen und am späten Abend zurückkehren. Wenn er mit Katharina oder Levi oder beiden zusammen an ihm vorbeigegangen war, hatten sie kurz bei ihm verweilt, ein wenig geredet, während David stumm in der Tür gelehnt, gewartet und ihm zum Abschied zugenickt hatte. Eine Hand in der Hosentasche, die andere auf der Türklinke. In Koljas Augen war er irgendwann zu einem Charakter aus einem Film geworden, der seine Form nicht veränderte, auch nicht älter wurde und niemals von dem vorgeschriebenen Script abgewichen wäre. Wann das geschehen war, oder ob es von Anfang an so gewesen war, konnte Kolja nicht sagen. Er wusste auch nicht, ob er David mochte, er störte ihn nicht, und mehr gab es nicht, was er wissen musste.

»Hast du Levi gesehen?«

»Nein, er ist nicht hier. Gestern war er es, gegen Abend.«

»Weißt du, wo er danach hingegangen ist?«

Kolja zuckte mit den Schultern.

»Willst du einen Tee?«

David schüttelte den Kopf, fuhr sich mit beiden Händen durch die Haare und hielt inne. Kolja bemerkte, wie Davids Blick auf einer der Zeitungen haften blieb. Es war der Artikel über die verschwundene Leiche, Kolja widerstand dem Impuls, die Zeitung vom Tisch zu ziehen.

»Gestern war die Beerdigung, oder?«

David nickte.

»Hier bleibt wirklich nichts geheim.«

»Passiert ja sonst nichts.«

»Darf ich?«

David deutete auf die Zigarettenschachtel auf dem Tisch und legte sein Telefon und seinen Schlüsselbund daneben.

»Natürlich.«

Mit einer unbeholfenen Bewegung beförderte er eine Zigarette heraus, klemmte sie verkehrt herum in seinen Mundwinkel und zündete den Filter an. Er bemerkte es nicht einmal, auch nicht, nachdem er das erste Mal gezogen hatte. Kolja schnippte eine weitere aus der Schachtel, sorgte dafür, dass sie brannte, und reichte sie David, bevor er den Tee holte.

»Eigentlich rauche ich nicht«, sagte David, als Kolja wieder herauskam, und sah die Zigarette in seiner Hand an, als wüsste er nicht mehr, wie sie dorthin gekommen war.

Dann wurde er still. Sie rauchten schweigend und sahen den Autos hinterher, die viel zu schnell durch die Straße fuhren. Das Telefon auf dem Tisch begann zu klingeln. David beugte sich vor und las den Namen des Anrufers, der auf dem Bildschirm erschien. Er schob es von sich weg, zögerte und ging doch heran. Während er telefonierte, klopfte er mit der Hand gegen die Tischkante. Es war ein Rhythmus, den Kolja schon einmal gehört hatte.

»Die Beerdigung, nein, sie war gestern, sie war … gut. Nein, kann ich noch nicht sagen. Eigentlich wollte ich morgen wieder in die Kanzlei kommen, aber mein Sohn …«

Er fuhr sich wiederholt durch die Haare, dann durch das Gesicht und zurück zum Tisch. Der Rhythmus endete nicht. Kolja hörte, wie er tief ein- und ausatmete.

»Ich weiß, ich weiß, das verstehe ich. Aber es geht nicht anders.«

Er stand auf und begann, vor dem Kiosk auf und ab zu laufen.

»Das meine ich doch gar nicht.«

Er hielt das Telefon für wenige Sekunden eine Armlänge von sich entfernt. Dabei schloss er die Augen, Kolja tat dasselbe. Die Geräusche um ihn herum schienen lauter zu werden und von der Straße in seine Ohren zu fallen, um in der Mitte seines Schädels aufeinanderzuprallen. Er sehnte sich nach Regen, einem so starken Schauer, dass er nicht nur die Konturen der Straße, sondern auch die der Menschen und Häuser verschwimmen lassen würde. Als er Katharina zum letzten Mal begegnet war, hatte es geregnet.

Mit dem Auto hatte sie vor seinem Kiosk so laut abgebremst, dass er aufgeblickt hatte. In derselben Sekunde war Levi vorne ausgestiegen und zu ihm in den Kiosk gelaufen, um seine Jacke oder irgendetwas anderes, das er vergessen hatte, zu holen. Katharina hatte den Motor laufen lassen, als würde Levi seinen Laden ausrauben. Dabei hatte sie sich über den Beifahrersitz gebeugt und Kolja durch die weit offen stehende Autotür zugewinkt.

»Wann ist der Termin denn? Nein, aber – gut, schick mir die Akte zu, ich lese sie mir durch und bin spätestens in zwei Stunden da.«

David legte auf, setzte sich wieder und schüttete den restlichen Tee mit einer ausholenden Bewegung auf den Asphalt.

»Hast du auch Whiskey?«

Kolja öffnete die Lider und das Licht sprang ihm in die Augen.

»Immer.«

Er holte eine Flasche und drehte sie einmal um ihre Achse.

»Als ich gestern von der Beerdigung kam, dachte ich, Levi liegt in seinem Bett«, hörte er David sagen. »Ich habe nicht einmal nachgesehen, so wütend war ich auf ihn. Stattdessen habe ich mich in die Küche gesetzt, bin eingeschlafen und vor einer halben Stunde erst wieder aufgewacht.«

Er leerte sein Glas in einem Zug. Ob David sich vorgestellt hatte, was Katharina zuletzt gesagt oder woran sie zuletzt gedacht haben könnte, bevor sie gestorben war, ob er sich das Blut vorgestellt hatte, ging es Kolja durch den Kopf, doch er fragte nicht.

»Levi hat die Urne gestohlen. Hat er dir das erzählt?«

»Wie meinst du das?«

»Während der Beerdigung.«

David beugte sich nach vorne, senkte den Kopf, die Ellbogen auf die Knie gestützt. Kolja schüttelte den Kopf.

»Nein, davon hat er nichts erwähnt.«

»Ich kann sie doch kein zweites Mal beerdigen.«

Kolja bekam das Gefühl, etwas sagen zu müssen, und sagte nichts, stattdessen schaute er nach oben.

KAPITEL 6

Im Wind rauschende Bäume, eine zersplitternde Flasche, das waren die Geräusche, die mich an die Oberfläche zurückholten. Durch den dünnen Stoff des Zeltes leuchtete ein heller Punkt. Er war heiß, sehr heiß. Mit dem Finger fuhr ich die Linien entlang, die sich auf der Zeltwand abzeichneten, und machte eine Karte aus ihnen. Mit Ozeanen, Kontinenten und Satelliten. Drehte ich den Kopf, verwandelten sie sich in Haie mit schmalen Körpern und viel zu großen Schädeln. Ich tastete nach der Urne und konnte sie nicht finden. Mit einem Ruck setzte ich mich auf und holte erst wieder Luft, als ich sie am Ende der Luftmatratze entdeckte. Ich klemmte die Innenseiten meiner Wangen zwischen meine Zähne, es war unmöglich, den Blick abzuwenden, und biss mir auf die Haut. Das Zelt, in dem ich lag, verschwamm vor meinen Augen, in mir klappten Stimmen, Gesichter und Farben wie Papierfiguren auseinander. Erinnerungen, die sich aus meinem Gedächtnis drängten. Da waren Menschen in kurzen Hosen. Einer von ihnen hatte ein Gipsbein, das ihm über das Knie bis zum Oberschenkel reichte. Wenn ich ein Gipsbein gehabt hätte, dann hätte ich es Ilay genannt und ein Gesicht auf seine raue weiße Oberfläche gezeichnet. Hinter den Menschen konnte ich das Haus erkennen, in dem wir für wenige Wochen während der letzten Sommerferien in Wissant, im Norden Frankreichs, gewohnt hatten. Vom Dach bis zum Keller, ohne es mit irgendwem zu teilen. Es hatte an einem Hang mitten in der Sonne gestanden und einen riesigen Schatten geworfen. Von Weitem hatte es ausgesehen, als könnte es jeden Moment seine Holzstelzen aus dem Sand ziehen und runter zum Strand marschieren, um bis zum Dach im Wasser zu verschwinden. Als hätte ich die Erinnerung daran vor- oder zurückgespult, war da meine Mutter. Mit angewinkelten Armen saß sie hinter dem Steuer des Autos und lächelte. Ihre langen Haare waren nass, sie tropften ihr gleichmäßig auf die Beine und das rote Handtuch, auf dem sie saß. Sie sah mir in die wassergrauen Augen und meine Rippen zogen sich zusammen. Alles, was ich in dieser Sekunde wollte, war in dieser Erinnerung zu bleiben, ich wollte darin weiterleben, doch je mehr ich mich konzentrierte, desto schneller kehrte das Zelt zurück, genauso wie die Konturen des Daches. Was blieb, war das Muster ihres Kleides. Irgendetwas zwischen grün und blau, Linien, die wie ein Fluss aussahen. Unterbrochen wurde er nur von den Falten, die durch das Sitzen in den Stoff gelangt waren. Ich stellte mir vor, wie ich zwischen hohem Schilf und sich im Wasser spiegelnden Wolken auf ihm entlangfuhr. Flussabwärts, auf lose zusammengenagelten Brettern, auf denen Schildkröten regungslos in der Sonne schliefen. Ein Jahr war seitdem vergangen. Dass meine Eltern damals kein Wort miteinander geredet hatten, hatte ich fast vergessen.

Wenn ich mich richtig erinnerte, taten sie das erst wieder viel später. Da wohnten wir noch nicht hier, sondern in London. In einer Wohnung, gegen die von allen Seiten andere Wohnungen drängten. Von oben, von unten, auch von links und rechts drückten sie gegen die Wände. Es waren zwei Zimmer. Als wir dort lebten, redeten sie nicht nur miteinander, sondern beendeten auch die Sätze voneinander. Als stände alles, was noch kommen würde, bereits in unbeholfenen Großbuchstaben an einer der wenigen Wände. Ein paar Monate später zogen wir weiter. Von London nach Berlin und sie verloren die Sätze des anderen und hörten nicht mehr auf, miteinander zu streiten. Sie stritten sich morgens und abends, auch in der Nacht, ich glaubte, dass sie manchmal nur deswegen aufstanden und erst wieder schlafen gingen, wenn sie von mir unterbrochen wurden.

Warum wir umgezogen waren, wusste ich nicht. Vor London hatten wir an verschiedenen Orten gelebt. In Brüssel, auch in Paris, wo ich geboren bin. Wenn ich träumte, setzten sich die Städte und Wohnungen, in denen wir bisher gelebt hatten, anders zusammen, als sie in Wirklichkeit gewesen waren. Vor den Fenstern der Londoner Wohnung waren französische Straßen. Da waren Treppenhäuser, deren Stufen sich verschoben und niemals endeten. In einigen Nächten träumte ich davon, wie ich durch die Häuserschluchten irrte und vergessen hatte, wo ich wohnte. Auf der Innenseite meiner Augenlider sah ich immer noch den Flur des Strandhauses. Er kippte zur Seite, braungelb, als hätte jemand Dreck darübergeschüttet. Dann löste er sich auf, stattdessen erinnerte ich mich an meinen Vater und bekam Kopfschmerzen.

Da war Durst. Obwohl es unerträglich heiß war, wickelte ich ein Kissen um meinen Kopf, so fest, dass kein Sonnenlicht zu mir durchdrang. Wie lange ich so dalag, wusste ich nicht, irgendwann rieb ich mir die Augen, danach durch die Haare und hatte Hunger. Normalerweise aß ich morgens immer Müsli, doch das hatte ich unten vergessen. Das Normalerweise, das ich kannte, ging so: Zuerst hatte der Wecker geklingelt. Nicht so spät wie jetzt, sondern viel früher. Dann, wenn die Sonne noch hinter den Dächern und der Zeiger der Uhr zwischen sechs und sieben stand. Ich hatte mich vom Bett auf die Dielen davor fallen lassen und war den Flur entlang bis zur Küchentür gelaufen. Da war das Geräusch von Händen gewesen, die mit Tellern und Löffeln hantierten und die Stimme von – ich blinzelte, das Kinn auf die Handrücken gestützt, drehte ich mich auf den Bauch. Ich wollte nicht daran denken. Mit weit über den Kopf gestreckten Armen fing ich an, den Wind in halb transparente Plastiktüten einzufangen, und baute die Alarmanlage ab. Ich nahm die Gabeln und das Messer von den Tellern, die von der Sonne warm geworden waren, und zog den Stuhl unter der Türklinke weg, bevor ich hinunter auf die Straße ging.

Wenn es heiß war, sah es in der ganzen Stadt so aus, als lehnten sich die Menschen auf den Straßen in der Luft an, und sobald sich einer von ihnen rührte, schien er damit nicht nur sich selbst, sondern auch alle anderen zu bewegen, als wären alle durch unsichtbare Fäden miteinander verbunden. Unmöglich voneinander zu trennen. Auch die Häuser stülpten sich nach außen, und alles was drinnen stand, wurde nach draußen auf den Asphalt getragen. An solchen Tagen waren die Kühlschränke in Koljas Kiosk schon kurz nach dem Mittag leer. Das wusste ich und lief als Erstes zwischen den parkenden Autos entlang zu ihm, quer über die Straße. Kolja saß in einem der roten Plastikstühle, ich setzte mich neben ihn auf die warmen Stufen.

»Na, junger Padawan.«

»Hallo.«

»Du bist spät dran.«

»Ich weiß.«

»Dein Vater war hier, wegen dir.«

»Was hat er gesagt?«

Unwillkürlich sah ich mich nach seiner hochgewachsenen Gestalt und den dunklen Haaren um. Fast fühlte ich, wie er hinter mir aus dem Laden stürzen, mir in die Haare greifen und mich mit einem stur nach vorne gerichteten Blick stumm über die Straße zerren würde.

»Er ist schon wieder weg.«

Ich fragte mich, wohin.

»Hat dich gesucht.«

Obwohl ich ihn nicht sehen wollte, gefiel mir, dass er das tat.

»Ich versteh nicht, warum er …«

Was ich sagte, hörte sich wie ein einziger Laut an.

»Das scheint ihr gemeinsam zu haben«, entgegnete Kolja und spuckte neben seine Schuhe.

Dann schlug er ein Bein über das andere und lachte, sodass ich selbst die goldenen Backenzähne in seinem Mund sehen konnte.

»Es ist wichtig, seine Gemeinsamkeiten zu kennen. Du weißt ja: –«

»– kenne den kleinsten gemeinsamen Nenner«, beendete ich den Satz, den er begonnen hatte.

Das sagte er immer, wenn er wen nicht leiden konnte und keine Ahnung hatte, was er mit ihm anfangen sollte. Dann suchte er den kleinsten gemeinsamen Nenner. Das konnte alles sein: Kalifornien, Politik, Kokain, Bauarbeiten, Krankheiten. Meistens war es das Wetter, und weil er so viel über das Wetter redete, wusste jeder im Viertel, wer er war. Ich kannte zwar auch jeden hier, aber das Besondere war, dass sie ihn auch kannten.

»Und?«

Ich sah ihn fragend an und fing an, mit den Fingernägeln die ausgespuckten und platt getretenen Kaugummis von den Stufen zu kratzen.

»Wo hast du gesteckt?«

»Verrätst du es meinem Vater, wenn ich es dir sage?«

Kolja legte den Kopf schief, bewegte ihn von links nach rechts und dachte nach, während sich die Gedanken in seinem Schädel wie Wellen an der Küste zu brechen schienen. Ich dagegen ersoff in meinen.

»Kommt drauf an.«

»Dann kann ich es dir nicht sagen.«

Er lachte.

»Was hast du denn vor?«

Aus Versehen rieb ich mir über den Sonnenbrand auf meiner Stirn. Darauf konnte ich ihm keine Antwort geben. Die Sonne blendete mich, ich schloss die Augen, und alles was blieb, war das Rot, das durch meine Augenlider schien.

»Ich weiß nicht.«

»Hast du schon gefrühstückt?«

Das hatte ich nicht. Kolja stand auf und kam mit einem belegten Brot zurück und hielt inne, als wenn er sich es anders überlegt hätte. Dann beugte er sich zu mir herunter und klopfte mir auf die Schulter. Spucke sammelte sich in meinem Mund, so viel, dass ich mich verschluckte, und obwohl er so dicht vor mir stand, war es, als stände nicht nur irgendetwas zwischen ihm und mir, sondern zwischen mir und der gesamten Welt. Ich dachte an mein Zelt, oben über allem anderen, und konnte mir weniger als je zuvor vorstellen, zurück in die Wohnung zu ziehen, und das würde ich auch nicht. Ich würde auf dem Dach bleiben, Teigtaschen auf dem Gaskocher aufwärmen und älter werden. Ich würde die Sprache der Vögel lernen, bis genug Jahre vergangen wären, um woandershin zu gehen. Dieser Gedanke beruhigte mich. Kolja faltete eine der Zeitungen wie eine Tischdecke auseinander und stellte den Teller mit dem Brot darauf.

»Er hat eine Nachricht für dich dagelassen«, sagte Kolja.

Kolja holte einen sorgfältig zusammengefalteten Zettel aus seiner Hosentasche und warf ihn mir zu.

»Was steht drauf?«

»Ich habe sie nicht gelesen.«

Nachdem ich es getan hatte, knüllte ich sie zusammen und warf sie auf die Straße.

»Er will, dass ich zurückkomme, auf der Stelle. Und falls ich das nicht tue, will er mich treffen. Übermorgen.«

»Was wirst du tun?«

Ich zuckte mit den Schultern.

Es dauerte, bis ich genug Flaschen aus dem Keller geholt und jeden der Kühlschränke aufgefüllt hatte. Zwei Stunden waren vergangen, ich hatte fünf Packungen Zigaretten, sieben Flaschen Wasser, drei Bier und eine Zahnbürste verkauft. Während ich mich fragte, wie viele der Münzen, die in der Kasse lagen, schon verschluckt und wieder ausgeschieden worden waren, hörte ich Kolja im Hinterzimmer telefonieren, auch wenn die Wörter selbst nicht bei mir ankamen. Das Zimmer, in dem er saß, war breit und unordentlich, zwei große bis zum Rand gefüllte Müllbeutel lehnten im Türrahmen, Stapel von Rechnungen und Magazinen lagen aufeinandergeschichtet vor dem Fenster. Der Schreibtisch darunter war kaum zu sehen. Zwischen Streichholzschachteln und dreckigen Tassen waren die Negative, Kameras und Objektive das Einzige in dem Zimmer, was in geraden Linien parallel zueinander auf einem freigeräumten Teil des Schreibtischs lag. Es kam nur wenig Licht herein, da die Rollos bis zur Hälfte hinuntergezogen waren. In einer der Schreibtischschubladen hatte ich vor zwei Wochen, vielleicht waren es auch drei, eine Pistole gefunden. Ich konnte mich gar nicht mehr daran erinnern, was ich wirklich gesucht hatte, ob ich überhaupt irgendetwas gesucht hatte. Ich hatte meine Hand zwischen die Dokumente, Stifte und Hefte geschoben, hatte sie schon zurückziehen wollen, als meine Finger den Lauf berührt hatten. Nachdem ich sie aus der Schublade geholt hatte, war mir trotz der Hitze kalt geworden. Meine Hand darunter hatte viel kleiner als sonst ausgesehen. Davon hatte ich weder Kolja noch irgendjemand anderem erzählt und manchmal, wenn er draußen schlief, holte ich sie und trug sie für wenige Minuten wie eins der größten Geheimnisse mit mir herum. Sie sah so alt aus, dass ich nicht wusste, ob sie noch funktionierte.

Auf der rechten Seite des Zimmers direkt vor der Wand stand eine Pritsche mit einer alten Decke, dahinter war ein schmales Badezimmer mit einem kleinen Waschbecken und einer Toilette. Meistens stand darauf eine Plastikwanne, genauso wie auf dem Boden, in der er Fotos entwickelte, bevor er sie an die Leinen darüber hängte. Manchmal waren es so viele, dass ich in den Hinterhof pinkeln musste. Da waren aber auch Wochen, in denen das Badezimmer leer war, es waren die, in denen Kolja schlechte Laune hatte. Gegenüber, auf der linken Seite des Zimmers, befand sich ein tiefer grauer Schrank mit vielen schmalen Schubladen, in denen unzählige schwarz-weiße Fotografien lagen. In einer von ihnen hatte ich eins mit einem Jungen gefunden, der genauso alt ausgesehen hatte wie ich. Er war nur halb im Bild gewesen, hinter ihm der Teil einer zerstörten Stadt, Staub war ihm entgegengekommen, und einer seiner Arme war verschwunden. Bevor ich mir die anderen Fotos hatte ansehen können, war Kolja hereingekommen, erst hatte er nur im Türrahmen innegehalten, dann hatte er es mir langsam aus den Händen genommen und mich zurück in den Kiosk geschoben. Er bewegte sich immer nur sehr langsam, ich hatte ihn auch noch nie schreien hören, sodass ich mir nicht sicher war, ob er das überhaupt konnte. Das machte ihn zu einem der besten Menschen, die ich kannte. Ich beobachtete, wie er auflegte, die Filme aus den Kameras, die vor ihm standen, holte und sie nacheinander mit einem schwarzen Filzstift beschriftete, bevor er sie ins Badezimmer legte. Ich sah ihm gern dabei zu. Im gesamten Kiosk breitete sich dann etwas aus, das ich nicht beschreiben konnte, aber mich mehr beruhigte als alles andere.

KAPITEL 7

Unter dem Tresen fand ich eine dunkelgrüne Baseballkappe, ich setzte sie auf, schob den Schirm in meinen Nacken und wusste nichts mit mir anzufangen. Auf der Fensterbank lagen tote Fliegen, es waren elf, zwei davon auf der Seite verreckt, während die anderen auf dem Rücken lagen und ihre schwarzen Beine senkrecht in die Luft streckten. Draußen war es genauso warm wie drinnen oder andersherum, ich klemmte mir zwei Eis am Stiel unter die Achseln, ihre Verpackungen knisterten, und setzte mich wieder auf den Drehstuhl, der hinter dem Tresen stand. Immer wieder stieß ich mich mit den Füßen von der Wand ab, streckte dabei die Beine aus und legte den Kopf mit halb geschlossenen Augen in den Nacken, sodass sich die alten Wasserflecken an der Zimmerdecke zu einem Strich verzogen. Irgendwann setzte ich mich nach draußen, einen Meter vor mir lag immer noch der Zettel, den ich zuvor dort hingeworfen hatte. Ich holte ihn zurück, las ihn noch einmal, obwohl ich ihn schon kannte, und steckte ihn in meine Hosentasche.

Dann hörte ich Kolja nach mir rufen, zusammen wechselten wir die Glühbirnen, die von der Decke herunterhingen.

»Wie findet die Polizei jemanden, wenn sie nicht weiß, nach wem sie suchen soll?«

»Mit Theorien.«

»Was sind Theorien?«

»Das sind Gedanken, die einen Teil der Wirklichkeit zu erklären versuchen.«

»Und wie?«

»Mit vielen anderen Theorien. Wovon redest du? Von der Pathologie?«

Mit einer Hand auf der Leiter drehte ich die Glühbirne aus der Fassung und reichte sie Kolja.

»Wolltest du schon einmal irgendwen umbringen?«

Er atmete tief ein.

»Nein«, er schien nachzudenken. »Das wollte ich nicht.«

Irgendetwas an seiner Miene veränderte sich und er sah aus, als wüsste er etwas, das sonst niemand wusste. Nachdem ich von der Leiter gestiegen war, holte er zwei Gläser, schüttete Apfelsaft in das eine und Whiskey in das andere. Beide hatten dieselbe Farbe. Dann stießen wir an.

»Nicht einmal für eine Sekunde?«

»Ich habe so viele Fehler gemacht, dass ich gar nicht weiß, wo ich anfangen soll, und ich habe mich genauso oft falsch verhalten, aber ich habe nie ein Verbrechen begangen«, sagte er mit einem seltsamen Ausdruck im Gesicht, »jedenfalls glaube ich das.«

Bevor ich noch etwas sagen konnte, hatte er seinen Schlüssel aus der Hosentasche genommen und die Augen geschlossen.

Ich brachte den Müll in den Hinterhof, verließ ihn auf der anderen Seite und lief die Straße hinunter. Zwischen den fremden Gesichtern war eins, das ich kannte. Es war das von Vincent. Er wirkte größer als sonst. Das Pflaster auf seinem Hals hatte sich bräunlich verfärbt, er lächelte und nickte mir zu, als er mich entdeckte, dennoch blieb er nicht stehen, als wir auf derselben Höhe angekommen waren. Stattdessen ging er an mir vorbei und ich musste mich anstrengen, fast rennen, um mit ihm Schritt zu halten. Schließlich blieb er vor einem der parkenden Autos stehen, öffnete den Kofferraum und warf die Tasche, die er dabeihatte, hinein. Ich schlang mir die Arme um den Körper, um nicht versehentlich seine Hand zu nehmen, und fragte ihn, ob ich mitkommen könne. Er zögerte. So lange, dass ich mir sicher war, dass er mich nicht mitnehmen würde. Er stieg ins Auto, ohne ein weiteres Wort zu sagen, bevor ich mich abwandte, beugte er sich über den Beifahrersitz, um die Tür daneben von innen zu öffnen. Ich biss mir auf die Lippen, um mein Lachen zu verbergen, und fragte ihn, wohin wir fahren würden. Vincent sagte, dass es Autos gebe, die einen immer dahin brächten, wo man sein müsse. Ich beobachtete ihn, während er fuhr, und wandte mich ab, wenn er mich anschaute. Über der Stadt erstreckte sich ein hellblauer Himmel, darunter brauner Dunst. Ich lehnte mich aus dem Fenster und bekam ein Gefühl des Nirgendwoseins. Es ging immer weiter, manchmal glaubte ich eine Straße wiederzuerkennen, um dann festzustellen, dass sie sich nur ähnlich sahen, ich wollte nicht ankommen. Fahrradfahrer zwängten sich vor den Kreuzungen neben uns entlang und stießen sich vom Bordstein ab. Zwischendurch hielten wir an, bestellten Tee und Reis in einem Imbiss, dessen Fenster zur Straße weit geöffnet waren. Drinnen standen nur fünf Tische, jeder davon war besetzt, die Köpfe verschwanden fast in den heißen Dampfwolken, die aus der offenen Küche erst zu uns und dann nach draußen drängten, wo sie sich auflösten. In der Küche stand eine Frau, die genauso groß war wie ich. Sie kochte nicht alleine, da war noch ein Mann, seine Stirn glänzte, Schweißtropfen hingen an seinen Ohrläppchen und jedes Mal, wenn er sich umdrehte, war ich mir sicher, dass sie gleich in eine der Pfannen fallen würden. Sie taten es nicht. Vincent schob mich auf einen der Stühle, nahm sich selbst einen vom Nebentisch und drehte ihn um, die Arme abgestützt auf der Lehne, zündete er sich eine Zigarette an. Ich tat so, als tue ich dasselbe, nur mit einem Plastikstrohhalm, und beobachtete ihn aus den Augenwinkeln. Dann wurde es still. Es war keine merkwürdige Stille, wie die, die ich von meinem Vater kannte und die sich wie Splitter in der Haut anfühlte. Diese hier war anders. Vincent musterte seine Finger und schnippte die heruntergebrannten Streichhölzer, die er während der Fahrt in einer Schachtel gesammelt hatte, in einem Bogen aus dem Fenster. Oranges Licht, weich und warm, leuchtete am Horizont, spiegelte sich in den Autos, den Fenstern, sogar den Gesichtern der Menschen, die an uns vorbeischlenderten. Ich streute Salz über den Reis und zerrieb den Rest zwischen meinen Fingern. Irgendjemand hatte mir erzählt, es sei aus gemahlenen Walknochen.

»Ist das deine Mutter in der Urne?«

Diese Frage knallte mir so unerwartet ins Gesicht, dass ich zusammenfuhr und für einen Moment die Orientierung verlor. Ich kannte die Antwort, auch die Wörter, die ich brauchte, und dennoch konnte ich nichts sagen. Obwohl die Sonne mich nicht blendete, hielt ich mir die Hände vor die Augen. Für eine Sekunde dachte ich, das könne funktionieren. Ich nickte. Für mehr reichte es nicht, und ich hoffte, Vincent hatte es gesehen, denn wiederholen konnte ich es nicht. Solange die Wörter im Kopf blieben, war es irgendwie einfacher. Auch wenn ich nicht wusste, warum. Dass Vincent es mitbekommen hatte, erkannte ich daran, dass er mich ungläubig anstarrte und ihm ein Laut entfuhr, der sich seltsam anhörte. Er verstummte, saß mit offenem Mund neben mir, und als ich ihn ansah, schloss er ihn wieder. Dann runzelte er die Stirn, wurde ernst, lächelte und wurde wieder ernst. Ich kannte das schon. Zum Glück sagte er nichts, ich konnte mich auch nicht entscheiden, was ich tun sollte. Also lächelte ich nur zurück. Eine Weile saßen wir schweigend nebeneinander und sahen nach draußen. Vincent zog an seiner Zigarette, seine Stirn lag immer noch in Falten und zwischen seinen Augenbrauen war eine Kerbe dazugekommen. Er hatte blaue Farbe an den Fingern.

»Sie hat in der Pathologie gearbeitet, in der …«

»… die Leiche verschwunden ist.«

Mir wurde schlecht, ich schob die Reisschüssel vor mir weg. Irgendwann kehrten wir zum Auto zurück, dunkle Mückenschwärme schwirrten wie dunkler Rauch über der Straße, sie stoben auseinander, als wir durch sie durchgingen, eine von ihnen blieb in meinem Gesicht kleben.

KAPITEL 8

Die Sonne verschwand von einem Augenblick zum anderen, trotzdem blieb es warm. Ich mochte die Dunkelheit, alles wurde langsamer, leiser, irgendwie auch leerer und ich atmete tiefer. Manchmal wünschte ich mir, dass die Nacht zwei Tage anhalten würde oder auch länger. Vincent schaltete die Musik an und in den nächsten Gang, eine Motte taumelte durch das offene Fenster und blieb am Gurt hängen.

KAPITEL 9

Ich erzählte Vincent eine Geschichte, eine, die wirklich passiert war. Ich hatte sie von meiner Mutter. Sie war über einen Mann und einen Tiger in der Taiga.

»Wie hieß er? Der Mann ...«

»Der hatte keinen Namen. Es war einfach irgendeiner, mit blauen Schwielen und Rissen an den Händen.«

Das glaubte ich jedenfalls. In Wirklichkeit wusste ich nicht einmal, wo die Taiga lag, wie kalt es dort war, ob es da überhaupt so etwas wie einen Sommer gab, doch während ich Vincent die Geschichte erzählte, tat ich so, als wüsste ich ganz genau, wovon ich redete. Er durchschaute es in derselben Sekunde, und bevor ich mit der Geschichte begann, bemerkte er, dass die Taiga ein Wald in Sibirien war. Mit der Kälte hatte ich also richtiggelegen.

»Das Leben in der Taiga ist hart, und hart heißt vor allem eins: Hunger. Und weil der Mann so viel Hunger hatte, machte er einen Fehler.«

»Was für einen?«

Mit Fehlern war es so ähnlich wie mit Anfängen.

Manchmal wusste man nicht, dass das, was man getan hatte, ein Fehler gewesen war. Erst später.

»Mitten in der Taiga fand er einen Hirsch. Vielleicht war es auch ein Reh. Jedenfalls war es halb zerfleischt, der Bauch war offen und ein Teil des Gerippes war zu sehen. Es war so kalt, dass sich nicht einmal Maden oder Würmer durch die Organe fraßen.«

So hatte mir meine Mutter das zwar nicht erzählt, aber so stellte ich es mir vor.

»Er hatte seit zwei Tagen nichts gegessen, auch zum Jagen hatte er nichts gefunden, dann fand er den Hirsch und schleppte ihn durch den Schnee.«

»Wohin?«

»Das kommt noch. Also: Er trug ihn bis zu seiner Holzhütte, in der er schon seit Jahren lebte. Sie war klein, ein schmales Bett, ein Tisch und zwei Stühle standen darin.«

Ich hatte mir immer vorgestellt, dass über seinem Bett dieselben Bilder wie in unserem Flur hingen.

»Als er angekommen war, zerschnitt er den Kadaver, sodass das Blut in den Schnee sickerte und von oben wie ein Rorschachtest wirkte. Danach verarbeitete er ihn weiter, kochte einen Teil, den Rest lagerte er.«

Vincent sah in den Rückspiegel und blinkte.

»Ich hoffe, das ist nicht das Ende der Geschichte.«

»Nein, denn da war etwas, das er vergessen hatte.«

»Und was?«

»Vor Hunger hatte er die Spuren übersehen, die um den Kadaver im Schnee herum waren. Sie stammten von einem Tiger, er war es, der den Hirsch getötet hatte. Irgendwann, vielleicht waren es nur ein paar Stunden oder ein Tag später, kehrte er zu dem Ort zurück, an dem er seine Beute liegen gelassen hatte, doch sie war weg. Er folgte den Spuren, die der Mann hinterlassen hatte, um seine Beute wiederzufinden. Als er bei der Hütte ankam, war der Mann nicht da. Der Tiger brach durch die Tür, zerrte die Matratze aus dem Bettgestell und schleifte sie hinter sich her bis auf den gefrorenen Fluss, der vor der Hütte vorbeizog. Und weißt du, was er dann gemacht hat?«

Vincent wusste es nicht.

»Er hat sich auf die Matratze gelegt und gewartet. So lange, bis der Mann zurückkehrte.«

»Und dann?«

»Dann tötete er ihn. Nur seine Schuhe sind übrig geblieben.«

»Und das ist das Ende?«

Ich nickte, auch wenn es nicht so war. In Wirklichkeit hatten andere irgendwann herausgefunden, was mit dem Mann passiert war, und daraufhin begonnen, den Tiger zu jagen. Sie erschossen ihn, und ich stellte mir vor, wie daraufhin andere Tiger kamen, um wiederum die Menschen zu jagen und wie diese daraufhin dasselbe wieder taten. Und wie es immer so weiterging, bis niemand mehr da war. Vincent warf einen alten Strafzettel aus dem Fenster, ich blickte auf meine Finger.

»Ich glaube, dass meine Mutter von so etwas wie einem Tiger getötet worden ist.«

Vincent schüttelte mit dem Kopf und lächelte. Tiger waren ganz anders als wir. Selbst wenn wir viele Kilometer von ihnen entfernt waren, konnten sie uns hören. Sie brauchten uns nicht zu sehen, um zu wissen, dass wir da waren. Was sie hörten, das war unser Herz, wenn es begann, schneller zu schlagen. Irgendetwas zuckte dann in ihren Zellen. Und dann kamen sie. Es war einfach: Wessen Herz am schnellsten schlug, der starb auch am schnellsten. Für mein Herz hatte ich schon ziemlich lange überlebt. Denn es schlug ständig. Das taten die anderen zwar auch, doch meins, und da war ich mir sicher, war schneller als alle anderen. Das hatte ich mitgezählt. In sechzig Sekunden schlug es 78 Mal, die anderen dagegen, die ich gemessen hatte, waren viel langsamer gewesen. Das meiner Mutter hatte 71-mal pro Minute geschlagen, das meines Vaters war noch langsamer: 59-mal pro Minute. Ich sah Vincent an, auch die Geschwindigkeit seines Herzschlags hatte ich gemessen und war auf etwa 62 gekommen. Ich wusste es nicht genau, denn während ich so getan hatte, als würde ich mir seine Narbe anschauen, waren mir nur wenige Sekunden geblieben. Er suchte etwas zwischen den Sitzen.

»Ohne Zigaretten kann ich über solche Theorien nicht nachdenken.«

Als er sie gefunden hatte, zündete er sich eine an, und der Qualm, den er einatmete, strömte aus seinen Nasenlöchern wieder heraus Richtung Windschutzscheibe. Während er das tat, erklärte ich ihm, dass der

Tiger wiederkommen und sich die Reste in der Urne holen würde. Kolja war es gewesen, der mir gesagt hatte, dass einige Dinge, nicht alle, einen suchten, und je mehr ich sie suchen würde, desto weiter würden sie sich von mir entfernen. Ich glaubte, mit dem Tiger war es genauso, ich wusste nur nicht, wann er kommen würde. Vincent wiederholte, was ich gesagt hatte. Langsam und mit der skeptischsten Stimme, die ich jemals gehört hatte.

Dann sagte er, dass es Tierarten gebe, die noch keinen Namen hätten. Weil sie zu klein waren, um entdeckt zu werden, weswegen sie keinen Namen hatten, denn einen Namen, sagte Vincent, bekamen nur die Arten, die gefunden worden waren.

»Oder es ist andersherum«, warf Vincent ein. »Und es ist eine Art, die so groß ist, dass man immer nur einen kleinen Teil von ihr sieht.«

»Wie ein Bein?«

»Oder ein Auge.«

»Oder nur das Schwarze darin.«

»Du meinst die Pupille?«

Ich nickte, lehnte mich zurück und beobachtete das flimmernde Sonnenlicht, das die Armatur in zwei Hälften schnitt. Ich glaubte ihm. Weil er älter war und vieles wusste, auch wenn er selbst noch keine Art gefunden hatte.

»Wie kommst du darauf, dass es ein Tiger war?«

Schweigend wickelte ich den Gurt um mein Knie und presste meine Finger dagegen. Ich war dabei gewesen. Das hatte ich niemandem verraten. Während ich *Animaniacs* geschaut hatte, war aus der Notaufnahme, in einem weißen Plastiksack verpackt, eine Leiche in die Pathologie gebracht worden. Sie sollte von der Gerichtsmedizin abgeholt werden. Meine Mutter hatte die Übergabe für Johanna aus der Nachtschicht vorbereitet. Ich hatte sie schon oft getroffen und ich mochte sie, weil sie mich immer mit einem Handschlag begrüßte. Meine Mutter mochte sie nicht, weil sie immer zu spät kam. Irgendwann war ich unter dem Schreibtisch eingeschlafen. Ich konnte mich nicht mehr daran erinnern, durch welche Geräusche ich aufgewacht war. Vielleicht war es der Lärm der herunterfallenden Skalpelle, vielleicht auch die Stimmen, von der ich nur eine kannte. Mehr als zwei hatte ich nicht hören können. Die Zeiger der an der gegenüberliegenden Wand hängenden Uhr hatten auf null gestanden und wie ein einziger durchgehender Strich ausgesehen. Anstatt aufzustehen, war ich reglos liegen geblieben, so lange, bis ich nichts mehr hörte. Die Leiche war verschwunden. Davor war irgendetwas aus ihr herausgefallen, einige ihrer Organe, sie waren rosa, wirklich rosa und viel rot, waren über die Fliesen bis zu den Fenstern geschlittert. Die Linien, die sie hinterlassen hatten, waren nur von meiner Mutter unterbrochen worden. Sie war die erste Leiche, die ich jemals in der Pathologie gesehen hatte. Ihre Augen waren leer, als wenn niemand mehr dahinter wäre, und ich hatte nicht wegsehen können, als hätte mir jemand die Augenlider abgerissen.

Vincent schaltete das Radio an. Ich fuhr mit dem Finger die Windschutzscheibe entlang und mir wurde schlecht. Insekten klebten auf dem Glas. Als ich nichts mehr gehört hatte, war ich mit hochgezogenen Schultern zu ihr über den Boden gekrochen. Er war noch kälter gewesen als Schnee, selbst jetzt, und obwohl die Hitze über dem Asphalt flimmerte, fing ich an zu frieren. Das Erste, was ich in ihren Augen sah, waren gelbe Planeten. Von blau umgeben. Sie waren mit tiefen Kratern überzogen, hellen und dunklen Flächen, die sich abwechselten. Dazwischen die Pupille, ein schwarzes Loch, dem nicht einmal das Licht entkam. Sie war schwer, Spucke schimmerte in ihren Mundwinkeln, und als ich sie bewegte, rann Blut langsam über ihr Gesicht, ins Auge und bis zum Kinn. Ihre linke Hand war unter dem Rücken verborgen, ich suchte die andere, meine Finger auf ihr Handgelenk gedrückt, da wo ich ihren Puls vermutete, ich fand ihn nicht, und legte mein Ohr auf ihre Brust. Was ich hörte, war ein Rauschen, doch kein Klopfen und ich presste meinen Kopf noch stärker gegen ihren Kittel. Er roch nach Schreck und Desinfektionsmittel. Für wenige Sekunden glaubte ich ihren Herzschlag zu hören und veränderte meine Position, als wären ihr die Organe zwischen die Rippen gefallen. Ich zählte und fing immer wieder von Neuem an, während ich meine Hand auf ihrem Brustkorb abstützte und das Blut, das zwischen meinen Fingern hervorquoll, betrachtete. Es verfärbte den Stoff, nur die Knöpfe hoben sich wie weiße Inseln von dem Rot ab. Ich wollte auf ihnen wohnen und stellte mir die ebenso hellen Muscheln vor, die an ihrem Strand lagen. Zerschnitten von den Schatten der Palmen, in deren Blättern sich fliegende Fische verfingen, die sich verschätzt hatten. Auch meine Finger verfärbten sich. Ohne zu wissen, warum, presste ich sie auf den Fleck und je weiter ich mich auf ihn lehnte, desto größer wurde er. Ein Ozean aus roten Wellen, die vor den Inseln rosa schäumend brachen, bevor sie sich endgültig ineinander auflösten. Ich dachte an Haie, die mit einer kurzen Bewegung in der Tiefe verschwanden. An Meeresvögel, die ihre spitzen Schnäbel durch die Kiemen silberner Fische stießen, an die roten Tropfen, die in der Sonne glitzernd von ihrem Gefieder perlten, während sie die Fische auseinanderrissen und fraßen. Wind kam durch eins der angelehnten Fenster der Pathologie und strich über die Stirn meiner Mutter, genauso wie über meine, aber anders als ich merkte sie es nicht. Da waren die Geräusche von Tieren: Vögel und Tiger und es war unmöglich zu unterscheiden, ob sie nur in meiner Vorstellung oder wirklich da waren. Ich rannte ihnen entgegen, draußen schien der Mond so hell, dass er ein Loch in mein T-Shirt gebrannt hätte, wenn ich stehen geblieben wäre. Ein Teil von mir blieb in der Pathologie sitzen. Ich wusste, ich würde ihn nicht zurückbekommen.

KAPITEL 10

Am nächsten Morgen war ich früh wach. Obwohl es bereits hell geworden war, sah ich den Mond immer noch blass am hellblauen Himmel hängen, nur eine Handbreit über den Dächern, ich verdeckte ihn mit dem Daumen. Ich konnte mich nicht daran erinnern, das Zelt in der Nacht verlassen zu haben, dennoch lag ich etwa einen Meter von ihm entfernt und berührte es nur mit meinen Zehen. Die Luft über den Straßen flimmerte. Nachdem ich die Alarmanlage abgebaut hatte, marschierte ich die Stufen nach unten. Vor einer der Wohnungstüren blieb ich stehen, zögerte eine Sekunde, dann presste ich meinen Finger auf Vincents Klingel. Ihr schriller Klang hallte die hohen Wände entlang durch das Treppenhaus und stürzte hinunter ins Erdgeschoss, dann kam er wieder. Ich strich über die dunklen Buchstaben seines Namens, klingelte erneut und hoffte, dass er da war, und es funktionierte. Auf der anderen Seite der Tür hörte ich seine Schritte. Er öffnete die Tür und lehnte sich in den Rahmen, er sah verschlafen aus. Als Erstes wollte er wissen, wie spät es war. Seine Stimme klang rau, als hätte er sie heute noch nicht benutzt.

»Kurz nach sechs.«

Er stöhnte.

»Was willst du? Ich schlafe noch.«

»Nein, tust du nicht.«

Er gähnte und knallte die Tür wieder zu.

»Neun, Levi! Um neun«, rief er mir von der anderen Seite aus zu.

»Auf dem Dach, ja? Dann treffen wir uns auf dem Dach.«

Ich wusste nicht, ob er mich gehört hatte. Seine Schritte entfernten sich, dann wurde es still. Unschlüssig schlich ich von Schatten zu Schatten und über die ersten Sonnenflecken, die durch die Fenster ins Treppenhaus fielen. Dann folgte ich dem Geländer und langweilte mich oben weiter. Auf dem letzten Absatz hielt ich inne, strich mit den Fingerkuppen über die Wand und hörte auf zu atmen. Kratzspuren zogen sich auf ihr entlang, fünf lange Linien, die parallel zueinander verliefen. Jede von ihnen war so tief, dass ich meine Fingernägel in sie hineindrücken konnte, unwillkürlich begann ich zu summen und setzte mich auf die Stufen, ohne die Hand von den Kratzern zu nehmen.

Als Vincent um halb zehn immer noch nicht auf dem Dach aufgetaucht war, ging ich noch einmal hinunter und legte meinen Finger so lange auf die Klingel, bis er öffnete. Mit einer Zigarette im Mundwinkel lief er ohne ein weiteres Wort an mir vorbei nach oben. Vor der Tür, die auf das Dach führte, staute sich die Luft, dahinter spürte ich den Wind, der sich auf der anderen Seite dagegendrängte. Als ich sie öffnete, stürmte er wie ein Rudel wilder Hunde an uns vorbei, gleichzeitig riss er uns in die entgegengesetzte Richtung und blähte das Zelt auf, sodass die blauen Wände anfingen zu knurren.

Ich tat so, als kontrollierte ich die Leinen des Zeltes, die an den Schornsteinen befestigt waren, und beobachtete Vincent. Er war der Erste, dem ich mein Versteck zeigte, auch wenn er das nicht wusste. Zuerst stellte er die Sachen, die er mitgebracht hatte, neben den Schornsteinen ab und trank einen Schluck Wasser aus der Plastikflasche, die hinten in einer seiner Hosentaschen geklemmt hatte. Dann sah er sich um. Zuerst schaute er in mein Zelt, nahm eine der Zeitungen, die darin lagen, in die Hand und betrachtete sie. So lange, dass ich sie ihm aus den Händen reißen und vom Dach werfen wollte. Schließlich legte er sie wieder genau dahin, wo er sie weggenommen hatte, und drehte sich zu mir um. Ich hielt den Atem an.

»Schön hier.«

»Von hier oben sieht man die ganze Stadt«, erklärte ich ihm das, was er ohnehin sah.

Er beugte sich über die Dachkante und spuckte hinunter.

»Kann man von hier aus die ganze Straße entlanggehen?«

Ich folgte ihm zu der Seite des Daches, an dessen Ende der Abgrund klaffte. Er deutete auf die Planke.

»Warst du schon mal auf der anderen Seite?«

Sie knackte, als er seinen Fuß darauf stellte, woraufhin er ihn zurückzog und stattdessen die geöffnete Plastikflasche auf das gegenüberliegende Dach warf. Sie flog in einem Bogen, drehte sich um ihre Achse, sodass sich das restliche Wasser in der warmen Luft verteilte und wie Silberfische auseinanderstob. Sie drehte sich ein letztes Mal, bevor sie auf dem anderen Dach landete. Es klang wie ein Universum, das zusammenklappte. Vincent pfiff durch die Zähne und schlug mir auf den Rücken, als wäre ich das gewesen.

Ich beugte mich über die Dachkante und schaute nach unten auf die Straße. Die Gestalt eines Mannes ließ mich innehalten. Es war der Gang, vielleicht auch die Jacke, erst als ich genauer hinsah, erkannte ich ihn. Der Mann, der da lief, war mein Vater. Meine Beine zuckten, für eine Sekunde spürte ich den Impuls, zu ihm hinunter auf die Straße zu rennen. Stattdessen blieb ich stehen und hielt den Atem an. Ein merkwürdiger Ausdruck stand in seinem Gesicht oder es war die Entfernung. Seine Schultern hatte er hochgezogen und als hätte er mich gehört, blieb er stehen und sah nach oben, um sich gleich darauf wieder abzuwenden und etwas aus der Hosentasche zu holen. Ich musste daran denken, dass er mich vielleicht in diesem Moment suchte, gerne hätte ich irgendetwas hinuntergeworfen. Einen Stein, der so schwer war, dass nicht er selbst, sondern die Welt daran zerbrochen wäre. Oder etwas, das so leicht war, dass es in der Luft stehen geblieben wäre. Als wenn jemand die Zeit angehalten hätte. Ich sah, wie er sich eine Zigarette anzündete, das hatte ich noch nie gesehen. Trotz der leicht gebeugten Haltung sah er groß aus. Der Schatten, den er vor sich herschob, war noch viel größer und legte sich schräg über den Mittelstreifen. Ein Kreuz aus schwarz-weißen Linien. Er lief ein paar Schritte weiter, viel langsamer als sonst, vielleicht sah es von hier oben auch nur so aus, dann blieb er wieder stehen, um sich in die Hitze zu lehnen und hinunter auf den Asphalt, seine Schuhspitzen oder auf irgendetwas anderes zu schauen. Ich fragte mich, woran er dachte. Der Lärm der Straße verschwand, und von da an wusste ich nicht mehr, weshalb ich hier oben war. Ich wollte die Wolken vom Himmel ziehen und sie auf die Straße schleudern, ich wollte meinen Vater beobachten. Ich wollte, dass er den Kopf dreht, nach oben schaut und mich ansieht, und gleichzeitig wollte ich genau das Gegenteil. Ich wollte mich hinter ihm in die Parklücke stellen und ihm ins Ohr schreien. Ich wollte es nicht schlimmer machen, sondern besser. Irgendwie mochte ich ihn, auch wenn er manchmal tagelang nichts sagte und ich nichts damit anfangen konnte. Konnte ich nicht. Er stand an derselben Stelle, an der wir im Winter nach zwölf Stunden Fahrt geparkt hatten.

Der Tag, an dem wir in diese Wohnung gezogen waren. Vorher hatten wir das Meer überquert. Nachts hatte es, irgendwo zwischen Frankreich und Belgien, geregnet. Die Scheibenwischer hatten über die Windschutzscheibe gescheuert und mir war es vorgekommen, als wären wir überall gewesen. In den Niederlanden hatten wir die Fahrt unterbrochen, Tee getrunken und uns in der Kälte weichen Toast in den Mund gestopft. Mit meiner Mutter war ich über die gefrorenen Pfützen auf dem Parkplatz geschlittert.

Die dunklen Umrisse der Bäume und Städte und Strommasten waren an meinem Fenster vorbeigezogen, mit der Stirn gegen die kühle Scheibe gelehnt, hatte ich Gummibärchen mit dem Daumen dagegengepresst, sodass sie nebeneinander daran kleben geblieben waren. Wenn ich meine Augen zusammenkniff, hatte sich der Mond verdoppelt. Früher hatte ich geglaubt, der Mond würde uns folgen, doch das tat er nicht, das wusste ich jetzt. Er folgte nicht uns, sondern nur mir.

Irgendwann in der Nacht war ich von den flüsternden Stimmen meiner Eltern aufgewacht. Das Auto hatte gestanden, die beiden daneben und ich hatte versucht, die Wörter mitzukriegen, die sie sich gegenseitig ins Gesicht gerammt hatten.

»Wenn du das tust, schmeiß ich dich raus.«

»Aus der Wohnung?«

»Aus der Familie.«

Und dann die andere Stimme, die gefragt hatte, welche Familie. Sie hatten so leise geflüstert, dass sich ihre Stimmen aneinander angeglichen hatten. Ich hatte sie nicht mehr voneinander unterscheiden können.

»Willst du mir wirklich erzählen, dass …«

»Hast du mal eine Sekunde darüber nachgedacht, was das für mich und Levi bedeutet?«

»Du weißt ganz genau, dass das nichts …«

»… mit mir zu tun hat?«

»Ich will überhaupt nichts sagen …«

Bevor der Satz zu Ende gewesen war, hatte sich meine Mutter von ihm abgewandt und mit verschränkten Armen vom Auto entfernt.

»Wo willst du hin?«

»Weg.«

»Wir sind auf einem Parkplatz«

»Na und? Lauf mir nicht nach!«

»Dann bleib stehen!«

»Komm noch einen Schritt näher und ich fange an zu schreien.«

Die Arme in die Seite gestemmt. So hatten sie sich gegenübergestanden und in derselben Sekunde, in der ich müde blinzelnd aus dem Auto getaumelt war, hatte sie es getan. Der hohe Ton hatte die Luft zerrissen. Dann war die Stimme meines Vaters dazugekommen und sie hatten sich gegenseitig angeschrien.

»Dann lauf doch nach Berlin!«

Mein Vater war zum Auto zurückgegangen und hatte sich hinter das Lenkrad fallen lassen, den Schlüssel ins

Zündschloss gesteckt, Bremse und Gas verwechselt und abgewürgt. Der Motor hatte aufgedröhnt, vier Sekunden später waren die Rücklichter in der Dunkelheit verschwunden. Es hatte angefangen zu schneien, und je mehr vom Himmel gefallen war, desto stiller war es geworden. Meine Mutter hatte immer noch am Straßenrand gestanden, regungslos mit geballten Fäusten und zu Schlitzen verengten Augen. Ich hatte die gefrorenen Grashalme unter meinen Füßen knacken hören und begonnen zu frieren. Dann hatte sie sich umgedreht und mich mit weit aufgerissenen Augen angestarrt, als hätte sie vergessen, wer ich war.

»Was tust du denn hier? Du hast doch im Auto geschlafen.«

Ihre Wimperntusche war verschmiert und ihr senkrecht in zwei unregelmäßigen Linien über die Wangen hinunter bis zum Kinn gelaufen. Nachdem ich in meine Hände gespuckt hatte, war ich ihr mit meinen Fingern über das Gesicht gefahren. Dabei hatte ich versucht, meinem Vater so unähnlich wie möglich zu sein. Eine halbe Stunde war vergangen, vielleicht auch mehr, wir hatten uns an den Straßenrand gesetzt, dicht nebeneinander, und uns nicht bewegt. Sobald sich das Licht zweier Scheinwerfer von der Autobahn löste und dabei war, auf den Parkplatz auszuscheren, war meine Mutter aufgestanden, so lange, bis die Konturen des dazugehörigen Autos dahinter hervorgetreten waren. Das, auf das wir gewartet hatten, war das Elfte. Meine Mutter hatte mich auf den Rücksitz geschoben und war selbst nicht vorne, sondern hinten bei mir eingestiegen, es war still geworden. Die Worte waren erst wiedergekommen, als wir diese Stadt erreicht hatten. Im Morgengrauen waren wir in diese Straße eingebogen. Ich erinnerte mich daran, dass ich keine Lust gehabt hatte, die Kisten auszupacken.

Während ich meinen Blick fest auf ihn gerichtet hielt, so als könnte ich ihn damit in der Parklücke fixieren, begannen meine Augen zu brennen. Er zog an der Zigarette in seiner Hand, drehte sich um sich selbst und schien nachzudenken. Ich musste an einen Tiger denken, dessen Schritte ununterbrochen an den dicken Metallstreben seines Geheges entlangstrichen. Ein schmaler Schatten glitt über das Dach. Zwischen das Rot meiner Augenlider, die dunklen Wimpern und die Sonne schoben sich die groben Umrisse eines Flugzeugs, daneben die Wolken. Wie Geier kreisten meine Gedanken unter ihnen.

Mit dem Rücken gegen die Dachkante gelehnt zog Vincent sich die Schuhe aus und fing an vom Ozean zu erzählen, von Containerschiffen und Autopannen. Er zerschnitt einen Apfel mit einem Taschenmesser und gab mir die Hälfte. Seine aß er direkt von der Klinge. Dabei rieb er sich mit der anderen Hand über die Augen und begann, mich Dinge über die Schule zu fragen. Und wie lange ich hier schon wohnte. Erst jetzt bemerkte ich, wie heiß es geworden war, die Luft verschwamm vor meinen Augen und schien auseinanderzureißen.

»Schläfst du hier oben?«, fragte Vincent und ich wandte mich zu ihm um.

»Manchmal.«

Er sah aus, als würde er nachdenken. Ich traute mich nicht, ihn zu unterbrechen. Glaubte sogar, das Meer riechen zu können. Da waren weder Orte noch Namen. Wenn man schon eine Weile gelebt hatte, viel länger als elf Jahre, konnte es passieren, dachte ich, dass man den Anfang schon in der Mitte vergessen hatte und sich nicht mehr an alles, sondern nur an die Hälfte, vielleicht nicht einmal die, erinnern konnte. Und die Dinge bekamen eine andere Reihenfolge.

Ich legte mich flach auf den Rücken und sah Richtung Himmel. Die Wolken sahen aus wie träge durch die Luft driftende Haie, die ihre Zähne bleckten. Auf der Suche nach Zeit, die sie verschlingen konnten. Schließlich richtete Vincent sich auf, blinzelte in die Sonne und erzählte mir, dass er auch in Frankreich gelebt hatte, als er so alt gewesen war wie ich. Es fiel mir schwer, ihn mir als einen Jungen vorzustellen, für mich sah er so aus, wie er jetzt war, ohne den Schatten seines Bartes und in Kleiner, im gleichen Hemd und in der gleichen Hose, dessen Stoff hinter ihm über den Boden schleifte. Er erzählte von geklauten Autos, barfuß auf den Pedalen und von Sternen, die nachts auf der Kühlerhaube reflektierten. Vom Schlafen auf der Rückbank und von durchfahrenen Nächten, den Blick auf still schlafende Städte gerichtet. Er erzählte von tiefschwarzer Dunkelheit, beleuchtet von brennenden Ästen, dem Geräusch von Drahtseilen, die über zerkratzte Schiffsmasten zurrten, und von Strandgespenstern.

Der Tag war wie ein Tag außerhalb der Zeit. Vincent gab mir seine Schlüssel und schickte mich Orangensaft und Tabak holen, als ich auf das gleißend helle Dach zurückkam, fühlte es sich wie ein anderer Kontinent an. Auch die Stadt war von hier oben eine andere. Der Himmel war blauer, auch die Luft war wärmer, der Wind drückte nicht von oben gegen meine Schultern, stattdessen wickelte er sich um meine Arme und zog mich in die Luft. Fast einen Zentimeter über den Boden. Wir saßen einfach nur da und warteten. Auf eine der seltensten Raubkatzen. Tiger wandern, sobald es Sommer wird, woandershin, viel Zeit blieb nicht mehr und er würde weiterziehen, in eine andere Stadt. Ich holte zwei Kerzen aus dem Zelt und stellte sie zwischen uns auf.

»Wo sind die Streichhölzer?«

»In meiner Jackentasche ist ein Feuerzeug.«

Die rechte war leer, in der linken waren sechs oder sieben Tabletten, wie Steine lagen sie lose in seiner Tasche.

»Wofür sind die?«

Vincent betrachtete die Tabletten auf meiner Handfläche, sie hatten unterschiedliche Formen.

»Die einen machen dich high und die anderen machen dich wach.«

»Welche machen high?«

»Weiß ich nicht mehr. Hatte die Jacke schon lange nicht mehr an.«

Er nahm sie mir aus der Hand und schob sie in seine Hosentasche.

»Hast du dem Tiger einen Namen gegeben?«

Ich sah Vincent fragend an.

»Sowas wie Catweazle, Bandit, Monster of Pont-Rouge, Unabomber oder Phoenix Strangler.«

Er hatte keinen.

»Oder Tiger Thrill, Phantom Tiger, Teo Rotton, Sonic Tiger? Was ist passiert, nachdem deine Mutter gestorben ist?«

Er beendete diese Frage mit einer tiefen Kerbe zwischen den Augenbrauen. Ich erzählte ihm, dass die Polizei zu uns gekommen war, am nächsten Morgen, um kurz nach sieben, und rieb den Saum meines T-Shirts so stark zwischen den Fingern, dass der Stoff immer dünner zu werden schien. Barfuß und nur in einer Schlafanzughose hatte ich am Ende des Flures gestanden und zugehört, wie sie meinem Vater erzählt hatten, was in der letzten Nacht passiert war. Über seine Schulter hinweg hatte einer von ihnen, insgesamt waren es zwei gewesen, mich nicht aus den Augen gelassen, irgendetwas Merkwürdiges hatte in seinem Gesicht gelegen. In der darauffolgenden Nacht hatte ich von ihm geträumt und er hatte sich in einen Panther verwandelt.

Als sie gegangen waren, hatte mein Vater seinen Kopf gegen die Wand im Flur gelehnt, die Augen geschlossen und war dort regungslos stehen geblieben, während ich den Atem angehalten hatte. So lange, dass ich fast erstickt wäre. Vincent wollte wissen, ob irgendetwas in der Pathologie gefunden worden war. Wenn es so war, dann hatten die Ermittler es nur meinem Vater oder nicht einmal ihm verraten. Ich kratzte mir den Schorf vom Knie und Vincent erzählte von Kassetten, einem Montag im Februar 2008 und seinem Vater.

»Er arbeitete in einer Werft und hat Geld veruntreut.«

»Was bedeutet das?«

»Er hat es gestohlen.«

»Wie bei einem Überfall?«

»Ja so ähnlich, nur immer wieder über viele Jahre hinweg, anstatt einmal innerhalb von wenigen Minuten.«

Ich fragte ihn, wie viel es gewesen war.

Er sagte: Zehn Millionen.

»Warum hat er es gestohlen? «

Dunkle Haarsträhnen fielen Vincent in die Stirn und sein Blick blieb auf meinem Gesicht hängen.

»Ich weiß es nicht. Er sah immer aus, als würde er eine schwere, unhandliche Müdigkeit hinter sich herschleppen, ohne sie jemals loszuwerden. Alles worum es ging, war Geld. Da war der Neid auf die, die es hatten, und der Hass gegen die, die es nicht hatten. Sich selbst eingeschlossen.«

Noch während er das sagte, nickte ich und verstand trotzdem nichts.

»Und was ist dann passiert?«

»Als es herauskam, setzte er sich ins Auto und fuhr von einer Brücke.«

Das Seltsamste war, erzählte Vincent, dass er seinen Vater in diesen Tagen so ausgelassen wie noch nie zuvor erlebt hatte.

»Er hat nie über etwas anderes geredet als Geld. Außer an dem Tag, an dem er starb. Da saß er mir am Frühstückstisch gegenüber und redete über Quentin Tarantino.«

KAPITEL 11

Vincent verstummte und ich konnte die Falten sehen, die auf seiner Stirn entstanden waren. Über sich selbst hatte er nichts erzählt, ich hätte gerne gewusst, wo er noch gewesen war und was er überhaupt hier machte, doch ich fragte ihn nicht. Schließlich stand er auf und verschwand im Treppenhaus. Ich spielte mit dem Feuerzeug in meiner Hand. Unsicher, ob er wiederkommen würde, und er tat es nicht. Der Nachmittag verging, dann der Abend, es wurde dunkel. In den Häusern wurde das Licht angeschaltet und die Zimmer dahinter wurden zu hellen Flecken. Sie waren überall zu sehen. Mit jeder Häuserreihe wurden sie kleiner, bis sie so klein waren wie die Sterne am schwarzen Himmel. Als wären das auch Fenster, die einfach nur zu weit weg waren. Durch das Treppenhaus schlich ich hinunter, über die Straße zu Kolja.

»Davon wird man wach«, sagte er, als er sich auf die Stufen neben sich setzte, und meinte das Bier, das er in der Hand hatte. »Aber trink nicht zu viel, sonst kippst du mir noch auf die Straße.«

Er krempelte sich die Ärmel seines Hemdes hoch und obwohl wir beide nach vorne schauten, konnte ich spüren, wie er mich beobachtete. Ich streckte die Beine aus und lehnte mich gegen den Türrahmen.

»Wie, meinst du, fühlt es sich an, erstochen zu werden? Glaubst du, man spürt alles davon? Oder nur den Anfang?«

»Ich denke, man merkt alles.«

»Mein Vater hat das Gegenteil gesagt.«

Kolja lächelte.

»Eltern lügen manchmal.«

Er wischte sich eine Mücke vom Hals. Das Licht der Reklametafel über uns flackerte. Für ein paar Sekunden verschwand sein Gesicht in der Dunkelheit. Erst jetzt fiel mir auf, dass die Geräusche um uns herum wie aus den Tropen klangen. Kolja stand auf und klopfte so lange gegen die Lampe, bis sie wieder leuchtete. Nachdem er sich wieder hingesetzt hatte, zog er eine Zeitung vom Tisch. Eine, die ich noch nicht kannte.

»Sie haben jemanden festgenommen. Hast du das gesehen?«

Ich griff so schnell nach ihr, dass einige Seiten in der Mitte durchrissen. Fast hätte ich auch die Bierflasche umgeworfen. Kolja fing sie auf.

»Das ist er nicht«, sagte ich, nachdem ich den Artikel gelesen hatte. »Vielleicht sollten sie lieber nach einem Tier suchen. Einem Tiger.«

»Wie kommst du denn auf den Gedanken?«

Er blickte auf, als ich nicht antwortete, und sah mich

an, als könnte er meine Gedanken lesen, gleichzeitig beugte er sich vor und faltete seine Hände ineinander, während ich versuchte, nicht an die Pathologie zu denken. Schließlich wandte er sich ab, sodass ich es war, der ihn von der Seite beobachtete. Umweht vom lautlosen Wind saßen wir da.

»In den Comics sind die Bösen viel leichter von den Guten zu unterscheiden. Es sind immer die Tiger, die Wölfe und die Hyänen. In der Wirklichkeit kann ich nichts davon erkennen.«

»Dann scheinst du die Dinge relativ deutlich zu sehen«, sagte Kolja und lachte.

»Ich glaube weder an das Gute noch an das Böse. Höchstens an das Richtige und das Falsche, und selbst das«, fuhr er fort, ohne seinen Blick von der Straße abzuwenden, »ist selten einfach voneinander zu unterscheiden, untrennbar miteinander verbunden.«

Er betonte die letzten drei Wörter, indem er seine Hand vor sich in die Luft streckte und mit den Fingern schnippte. Gleichzeitig richtete er seinen Blick nach unten, sodass seine Augen nahezu geschlossen waren. Er sagte, das Richtige und das Falsche seien nicht mehr als eine Entscheidung. Nicht mehr als ein Gedanke, aber dass die Dinge sich manchmal so sehr veränderten, dass das Falsche zum Richtigen und das Richtige zum Falschen wurde. Ich wusste nicht, was er damit meinte. Kolja nahm einen Schluck aus der Flasche, bevor er sie wieder mir reichte. Das Bier war eklig, aber ich mochte, dass er es mit mir teilte.

»Du glaubst also, es war ein Tiger, ja? Anfang der Neunziger, vielleicht 1992 oder '93, bin ich in Somalia einem ausgewachsenen Elefanten begegnet.«

»Was hast du in Somalia gemacht?«

»Den Bürgerkrieg dokumentiert.«

Ich zog die Knie an mich heran und hielt den Atem an. Es war selten, dass er von den Kriegen erzählte, in denen er gearbeitet hatte, eigentlich kam es nie vor.

»Es war auf der Strecke nach, na, ist auch egal, wo es war, ich weiß auch gar nicht mehr, warum ich aus dem Auto gestiegen bin, jedenfalls stand er vor mir und sah mich an, ich hatte ihn vorher nicht einmal bemerkt. Als ich wegrannte, tat er dasselbe, nur nicht in die andere Richtung, sondern hinter mir her.«

Ich fragte ihn, was dann passiert sei, und er sagte, dass er sich irgendwann auf die Erde geschmissen und liegen geblieben sei.

»Ich hab wirklich gedacht, er würde mich töten, nicht unbedingt bewusst, vielleicht mehr versehentlich, und er kam so nah, dass ich die Fliegen und den Sand in seinen Hautfalten sehen konnte. Seine Augen waren braun. Wie Erde. Es kam mir vor wie eine Ewigkeit, aber ich glaube, es waren nicht einmal drei Minuten, die er über mir stand und auf mich heruntersah. Irgendwann ist er weggegangen.«

»Und dann?«

Kolja legte den Kopf in den Nacken und schien nachzudenken. Lange, sodass ich schon dachte, dass er meine Frage vergessen habe. Erst nach ein paar Minuten beugte er sich wieder nach vorne, mit einem Ausdruck im Gesicht, als wäre ihm etwas anderes eingefallen. Etwas, an das er sich nicht hatte erinnern wollen.

»Während er ging, habe ich die Kamera, so langsam es ging, zu mir gezogen, um ein Foto zu machen.«

»Von ihm?«

»Nein, von mir.«

»Hast du das noch? Das Foto?«

Kolja stand auf, ging an mir vorbei die Stufen hoch, an den Regalen vorbei bis ins Hinterzimmer, und ich sah, wie er erst die Schubladen des grauen Schrankes, dann die des Schreibtisches aufzog. Dass er es gefunden hatte, hörte ich daran, dass er anfing zu lachen, wenige Sekunden später trat er wieder in die Nacht hinaus und gab mir das Foto. Es war schwarz-weiß, hatte die Größe einer DIN-A4-Seite, ich erkannte sofort, dass es Kolja war. Daran, wie seine Augen aussahen. Seine Haut wirkte dunkler als jetzt, und auch wenn ich nicht verstand, was der Ausdruck auf seinem Gesicht bedeutete, wusste ich, dass es keine Angst, sondern irgendetwas anderes war.

»Wenige Monate danach haben selbst die letzten Elefanten wegen dem Bürgerkrieg das Land verlassen.«

Ich fragte ihn, wohin sie gegangen waren.

Er sagte, nach Kenia.

»Gelegentlich kommen einige von ihnen über die alten Routen zurück, wie um nachzusehen, ob die Lage sich verbessert hat und die Konflikte sich gelegt haben, um daraufhin wieder nach Kenia umzukehren.«

»Hast du auch den Weltkrieg fotografiert?«

»Nein«, lächelte Kolja.

»Früher habe ich gedacht, dass Lehrer alles, was sie erzählen, irgendwann selbst erlebt haben und durch die Zeit reisen, um zu unterrichten. Von einem Jahrhundert ins andere, einfach so. Ich dachte, meine Geschichtslehrerin würde aus der Zukunft kommen.«

»Und wo kam sie wirklich her?«

»Aus East End.«

Ich konnte meine Augen nicht mehr offen halten und meine Gedanken fielen auf den Boden, sie sammelten sich in den Deckeln der Bierflaschen, die neben Koljas Füßen standen, liefen mir am Kinn herunter und tropften auf meine Knie. Der Geruch von Regen kam uns entgegen. Im Dunkeln konnte ich immer besser riechen. Kolja sagte, er rieche nichts. Ich wachte davon auf, dass er mich wie eine verlorene Jacke von den Stufen nahm, durch den Kiosk trug und auf die Pritsche ins Hinterzimmer legte. Dann schaltete er das Licht aus. Bevor ich wieder einschlief, sah ich die Glühbirne an der Zimmerdecke in der Dunkelheit glimmen.

KAPITEL 12

Der Sommer bedeutete Kolja nichts. Der Müll auf den Straßen begann schneller zu stinken und je wärmer es wurde, desto lauter schien die Stadt zu werden. Er schüttete grell leuchtenden Reiniger in den Eimer, das Wasser darin schäumte, dann tauchte er einen Lappen hinein, wrang ihn aus und wickelte ihn um die Borsten des Besens in seinen Händen. Die Titelblätter der Zeitungen neben dem Tresen starrte er an, ohne sie wirklich wahrzunehmen. Dann zündete er sich eine Zigarette an, schob sie in seinen Mundwinkel und zeichnete mit dem nassen Lappen einen Kreis auf den trockenen Boden. Am Tag, während die Sonne in einem weiten Bogen über den überblauen Himmel zog, glaubte Kolja, dass die Dinge in Ordnung waren. So lange, bis die Nacht hereinbrach, er nicht schlafen konnte und irgendwann gegen vier oder fünf am Morgen zugeben musste, dass er sich geirrt hatte. Auch in der letzten Nacht war er erst um kurz nach fünf eingeschlafen. Anstatt den Kiosk abzuschließen, hatte er den Plastikstuhl von draußen neben die Pritsche gestellt, auf der Levi bereits eingeschlafen war, dann hatte er sich hineingesetzt, seine Füße ausgestreckt, sie auf eine der Bierkisten abgestützt und nachgedacht. Er wusste nicht mehr, über was. Irgendwann war es hell geworden. Erst da war er eingeschlafen, nicht lange, knapp eine Stunde später war er aus einem Traum wieder in den Tag gekippt. Da war keine Nacht, in der er nicht träumte, und wenn er es tat, dann nur auf zwei Arten. Meistens war er in seinen Träumen alleine. Die Städte, ihre Viertel, Brücken, U-Bahnhöfe, waren leer, selbst die Flughäfen. Manchmal ging er an bestimmte Orte, die er in der Wirklichkeit noch nie verlassen gesehen hatte, wie die Piazza della Repubblica in Florenz oder den Louvre in Paris. Auch die Autos, die sonst am Rande nahezu jeder Straße standen und auf ihnen fuhren, waren verschwunden, sodass Kolja das Rauschen der Bäume hören konnte, selbst dann, wenn keine zu sehen waren. Ansonsten war da nur das Geräusch seiner Atmung und das seiner Schritte. In seinen Träumen gab es auch keine Vögel, jedenfalls hatte er noch nie welche gesehen. Erst später hatte er bemerkt, dass sich das Wetter des Ortes, an dem er sich physisch befand, auch das seines Traumes war, sodass es in der Danakil-Wüste begann zu regnen oder Sanddünen durch New York zogen und die U-Bahn-Schächte füllten. Meistens träumte er von den Städten, in denen er zuletzt gewesen war, als wären sie stille Fortsetzungen seiner Wirklichkeit. Er bedauerte, dass es nie welche waren, die er noch gar nicht kannte. Wenn er in seinen Träumen nicht alleine war, traf er die Toten. Nicht irgendwelche, sondern Menschen, die er gekannt hatte. Er traf immer nur einen und mochte diese Träume, sehnte sich sogar nach ihnen, wenn er nicht schlafen konnte. Manchmal vermisste er sie so sehr, dass er wieder aufstand und mitten in der Nacht seine Wohnung verließ, um zum Kiosk zurückzukehren. Meistens saß er dann einfach nur da, schaltete nicht einmal das Licht an, stattdessen betrachtete er mit einem Glas Whiskey in der Hand die Straße. So lange, bis es dämmerte.

In dieser Nacht hatte er geschlafen und nicht nur das, er hatte geträumt, die Wüste gesehen und war Joan begegnet. Viele Jahre lang hatte er mit ihr zusammengearbeitet, er als Fotograf und sie als Journalistin. Das Erste, was ihm einfiel, wenn er an sie dachte, war der zuversichtliche Ausdruck in ihrem Gesicht, der nur selten einem anderen gewichen war. Wenn er träumte, dann meistens von ihr oder Tom.

Umgeben von gelben Dünen hatte sie neben ihm gestanden, er hatte den Sand zwischen seinen Zähnen gehört, sich um seine eigene Achse gedreht und in jede Himmelsrichtung geschaut. Er träumte von ihr, wenn er sich einsam fühlte, zusammen waren sie die Düne hinuntergeschlittert. Sie mit ausgestreckten Armen und er mit den Händen tief in den Hosentaschen. Nachdem er aufgewacht war, hatte er auf dem Schreibtisch nach seiner Uhr getastet. Er hatte sie nicht gefunden und war sich sicher gewesen, sie in der Wüste verloren zu haben.

Kolja hielt inne, eine Schicht aus Dreck und gelben Pollen zog sich über den Boden. Mit dem Lappen schrieb er irgendwelche Wörter auf die Dielen, um sie gleich darauf wieder wegzuwischen. Da, wo das Wasser sie berührte, begannen sie zu glänzen. Vorne an der Tür angekommen, nahm er den Eimer und schüttete das Wasser auf die Straße. Wenn Kolja sich im Spiegel betrachtete, sah er nichts Besonderes, bei Joan war das anders gewesen. Ihre Stimme war so hell wie das erste Licht des Tages, ihre Augen leuchteten, wenn sie redete, selbst dann, wenn sie sich aufregte, am meisten mochte er, wie sie redete. Mit dem Eimer in der Hand lehnte er sich in den Türrahmen und spürte den Schmerz durch sein Knie ziehen. Selbst der Staub schien sich dagegenzudrängen. Meistens war er den ganzen Tag da, nur manchmal verschwand er für ein paar Stunden, um dann umso stärker wiederzukommen. Er hatte lange nicht an Joan gedacht, drehte den Kopf in die Sonne, sodass sie ihn blendete und er die Augen halb schließen musste.

Er war nicht alleine nach Mogadischu gefahren, sondern mit ihr zusammen. Ein Detail, das er Levi nicht erzählt hatte. Eigentlich hatte er es in erster Linie auch nicht dem Jungen verschwiegen, sondern sich selbst. Dabei hatte er sie gern, sehr sogar und unter anderen

Umständen, aber damit wollte er gar nicht erst anfangen. Er gähnte und spuckte auf die Straße, um den Gedanken zu unterbrechen. Die Dinge kamen, wie sie kamen. Er stöhnte, zog so stark an seiner Zigarette, dass er husten musste, als er bemerkte, dass dieser Satz auch nicht seiner, sondern ihrer gewesen war. Vielleicht war es seltsam, von »schön« zu sprechen, wenn es um Kriegsgebiete ging, dennoch hatte er es immer schöner gefunden, mit ihr zu arbeiten als mit anderen. Obwohl die Strecke von der westlichen Grenze nach Mogadischu nicht lang war, höchstens zwölf Stunden, hatte es durch die Straßensperren und Umwege mehrere Tage gedauert, bis sie die Hälfte hinter sich gebracht hatten. Kolja erinnerte sich an einen ruhigen Nachmittag, die meiste Zeit davon waren sie einem Konvoi gefolgt, der irgendwann umgeleitet worden war, woraufhin sie sich dafür entschieden hatten, ungeschützt zu einem anderen, etwa drei Kilometer entfernten Konvoi aufzuschließen. Die Sonne gleißend hell über ihnen, so tief am Himmel, dass der Schatten ihres Autos wie ein langer Strich ausgesehen hatte. Niemand war ihnen entgegengekommen, die Straße hinter ihnen war ebenso verlassen gewesen. Irgendwann war auf der rechten Seite der Straße eine Tankstelle erschienen, groß und alt. Schüsse waren durch die Luft gezogen, eine Kugel war durch den Seitenspiegel geknallt und hatte ihn abgerissen. Die anderen hatten die Reifen getroffen, zuerst die auf der rechten Seite, auf der er gesessen hatte, und dann auf der anderen. Kolja wusste nicht mehr, was Joan zu ihm gesagt hatte, als sie, hinter dem Lenkrad sitzend, zu ihm rübergeblickt hatte. Er wusste nur, dass es ein Witz gewesen war. Wenn er sich an ihr Gesicht erinnerte, dann war es nicht das von diesem Tag, sondern von dem, als er sie zuletzt gesehen hatte. Manchmal war es auch das vom ersten. Er hatte sie in Bosnien kennengelernt, in Mostar, es war das erste Mal gewesen, dass er in einem Krisengebiet fotografiert hatte. Er hatte keinen Auftrag gehabt, war zu der Zeit nicht einmal bei einer Zeitung angestellt gewesen, von dem Krieg hatte er nur in einer gelesen, war schließlich auf eigene Initiative hingeflogen und in einem Hotel untergekommen, das zu der Zeit das am stärksten bombardierte der Welt gewesen war. Gleichzeitig das, in dem sich die Presse versammelt hatte. Vielleicht genau deswegen. Joan hatte morgens in der halb zerstörten Lobby gesessen und zwischen dem hektischen Treiben *Herr der Fliegen* gelesen.

Ungeduldig zog Kolja ein letztes Mal an der Zigarette zwischen seinen Fingern, schnippte sie gegen die Fassade, während er die orange glühende Asche, die von ihr abprallte, betrachtete. In der Wüste sah das Sonnenlicht anders aus als hier, gelb und surreal. Er mochte diese Farbe. Es roch nach einem Wort in Suaheli, an das er sich nicht mehr erinnern konnte. Die kühle Luft des Morgens strömte in seine Lungen, nicht mehr lange und sie würde der Hitze weichen. Dann lief er die Regale entlang bis ins Hinterzimmer und stellte den Eimer hinter die Tür. Der Junge schlief immer noch. In einer zerschlissenen Hose, seit der Beerdigung trug er keine Schuhe. Seine Haare hingen ihm verschwitzt in die Stirn, während der Nacht hatte Kolja ihn immer wieder im Schlaf reden hören. Er lag auf der Seite und hielt sich mit beiden Händen an dem Kissen unter seinem Kopf fest. An diesem Morgen wirkte er jünger als sonst. Unwillkürlich griff Kolja nach einer der Kameras auf dem Schreibtisch und machte ein Foto von ihm, dann zog er langsam, bedacht darauf, kein Geräusch zu verursachen, die Schubladen seines Schreibtisches auf und ging die Fotografien durch, die ungeordnet darin lagen. Einige hafteten aneinander, sodass ein Teil der Bilder sich voneinander ablöste, als er sie trennte. Weiße Flecken wie Erinnerungslücken. Das, was er suchte, konnte er nicht finden. Als keine Luft mehr in den Reifen gewesen und sie nur noch auf den Felgen gefahren waren, hatte Joan angehalten, mit hochgezogenen Schultern waren sie über die Fahrerseite aus dem Auto gestiegen, hatten ihre Ausrüstung zurückgelassen und waren mit dem Wind im Rücken über den grobkörnigen Boden auf das Wüstenfeld links von der Straße gerannt. So lange, bis die Schüsse aufgehört hatten, während über ihnen Flugzeuge durch den Himmel gezogen waren.

KAPITEL 13

Als ich aufwachte, war es hell. Da war kein Wind, die Geräusche der Stadt klangen seltsam verzerrt, auch der Himmel war nirgends zu sehen. Ein verknickter Papierflieger ragte neben mir aus dem Regal. Ich stand auf, brauchte ein paar Sekunden, um mich zu orientieren. Ein seltsam salziger Geschmack lag zwischen meinen Zähnen, er fühlte sich nicht richtig an. Die Tür zum vorderen Zimmer des Kiosks war angelehnt und ich hörte jemanden zwischen den Regalen entlanggehen. Stöhnend sank ich zurück auf die Pritsche und streckte meine Arme aus, es war stickig. Nachdem ich zur Tür geschlichen war, sah ich Kolja vor einem der Regale knien und irgendetwas reparieren, einzelne Nägel klemmten zwischen seinen Lippen. Ich lehnte mich gegen die Tür, im selben Moment wandte Kolja sich um. Ich sah, wie er etwas sagte, das ich nicht hören konnte. Meine Ohren rauschten, alles klang matt, als hätte er mich über Nacht auf den Grund des Meeres gezogen. Ich schluckte, einmal, dann ein zweites Mal, und mir wurde schlecht. Gleichzeitig schien der seltsame

Geschmack in meinem Mund stärker zu werden, er verteilte sich wie ein Geruch in meinem Körper. Dass ich hingefallen war, bemerkte ich erst, als ich die Augen zum zweiten Mal öffnete.

Kolja kniete nicht mehr vor den Regalen, sondern neben mir. Er öffnete eine Flasche, schob sie mir in die Hand und wickelte meine Finger um das Plastik. Blinzelnd drehte ich mich auf den Rücken und spürte das Wasser durch meinen Hals, zwischen den Rippen entlang bis in meinen Magen rinnen. Ich trank, bis ich nicht mehr konnte, ließ den Rest über mein Gesicht laufen, es vermischte sich mit meinen Tränen. Ich blieb liegen und beobachtete, wie das Sonnenlicht hinter Koljas Ohren in meine Richtung drängte. Der Rest blieb in seinen Haaren hängen. Dann kam mir dieser eine Gedanke, ich fuhr hoch, so abrupt, dass wir gegeneinanderstießen. Mein Kopf gegen seinen. Von dem Geräusch begann ich zu frieren und konnte nicht anders, als meine Schultern bis hoch zu meinen Ohren zu ziehen. Ich packte seinen Arm und drehte ihn, um auf seine Armbanduhr zu sehen, noch sieben Minuten, heute war übermorgen. Ich rappelte mich hoch, an ihm vorbei auf die Straße, überquerte sie und rannte weiter, erst vor der Haustür blieb ich stehen. Weiße Punkte explodierten vor meinen Augen, ich konnte sie in meinen Fingerspitzen fühlen. Ich war der Erste, mein Vater war nicht zu sehen. Erstaunt stellte ich fest, dass ich mich auf ihn freute, und holte den Zettel, den er mir geschrieben hatte, aus meiner Hosentasche. Die noch warmen Motoren der vor dem Haus parkenden Autos tickten, sie hörten sich wie Sekundenzeiger an, die sich gegenseitig durcheinanderbrachten und unmöglich einen gemeinsamen Takt fanden. Hinter mir öffnete sich die Haustür. Geblendet vom Sonnenlicht, sah ich auf und erkannte Vincent. Er gab mir die Hand. Er hatte mir noch nie die Hand gegeben und ich nahm sie. Es war kein gewöhnliches Händeschütteln, denn das ging so: Als Erstes nahm man die Hand, schüttelte sie und ließ sie wieder los. Vincent dagegen schüttelte sie und während er mir in die Augen sah, drückte er sie noch fester, um sie erst viel später wieder loszulassen. Er trug ein anderes Hemd als gestern, auf den Schultern waren Wasserflecken, auch seine Haare waren nass. Ich fragte ihn, wohin er ging, und er sagte, zu einem Termin. Er schien in Eile zu sein. Trotzdem fragte er mich, was ich vorhatte. Verlegenes Husten markierte den Punkt am Ende meines Satzes. Seine Miene dagegen regte sich nicht. Mit einem unbeteiligten Blick nickte er mir zu, als ob er sich das schon gedacht hätte, dann setzte er sich neben mich.

»Ich dachte, du …«, meine Stimme klang kratzig, sodass ich sie nicht erkannte und den Satz erst beim zweiten Versuch zu Ende brachte, »… ich dachte, du hast einen Termin.«

»Ich dachte …«, zog er die Wörter in die Länge, »… ich lerne deinen Vater mal kennen.«

Er streckte die Beine aus und schlug sie übereinander.

»Er ist spät dran«, bemerkte ich und strich mein T-Shirt glatt.

»Kann passieren.«

Darauf fiel mir keine Antwort ein und es wurde still. Eine halbe Stunde verging.

»Er hat es vergessen«, flüsterte ich. »Ich wusste, dass er nicht kommen wird.«

»Und trotzdem bist du hier.«

Vincent klemmte sich eine Zigarette zwischen die Zähne und für eine Sekunde sah es so aus, als denke er darüber nach, mir ebenfalls eine anzubieten. Seine eigene zündete er nicht an, als hätte er sie vergessen und schon vor Tagen dort liegen lassen.

»Wenn du wegmusst …«, erwiderte ich ein wenig zu laut.

»Muss ich nicht.«

Muss ich nicht. Muss ich nicht. Das wiederholte ich immer wieder in meinem Kopf. Warum, wusste ich auch nicht. Ich fand es schön und wollte in die Buchstaben reinkriechen, um mich am »m« oder am »t« festzuhalten.

»Lass uns noch warten, nur noch fünf Minuten.«

Auch wenn fünf Minuten nicht lange andauerten, konnte in fünf Minuten viel geschehen. Das waren zwei Minuten und dann noch drei. Oder zweieinhalb mal zwei. Batman konnte in fünf Minuten von einem Ende der Stadt zum anderen gelangen. Obwohl er nicht einmal fliegen konnte, jedenfalls nicht so richtig. Er sprang. In fünf Minuten konnte man vier bis sechs Straßen weit fahren, zwei von ihnen entlanglaufen, vielleicht sogar drei oder vier, wenn man rannte, und ich stellte mir vor, wie mein Vater über die Straße hastete, so schnell, dass er ein Auto übersah, sich über die Motorhaube hinweg abrollte und auf der anderen Seite zum Stehen kam. Nicht einmal den Mantel, den er in der Hand hatte, würde er dabei verlieren. Dann würde er um die letzte Ecke biegen, hinein in diese Straße, sodass ich in zwei Sekunden einen verschwommenen Strich am Horizont entdecken würde, der ihm, je näher er kam, immer ähnlicher werden würde. Am Ende der Straße war niemand zu erkennen. Das Schwierigste am Warten war das Warten selbst. Denn auch wenn ich so tat, als würde ich etwas anderes tun, wartete ich trotzdem und je mehr Zeit verging, desto wärmer schien es zu werden, selbst im Schatten, und die Zeit, die ich bereits gewartet hatte, verlor immer mehr ihren Sinn, sodass ich es bereute, überhaupt damit angefangen zu haben. Wir warteten so lange, dass ich nicht mehr damit aufhören konnte. Denn erst dann, wenn es nichts mehr zum Warten gab, konnte ich woanders hingehen, doch solange noch etwas zum Warten da war, wusste ich nie, ob das, worauf ich wartete, nicht doch noch in der Sekunde, in der ich mich abwandte, eintreffen würde. Nach einer Stunde stand Vincent auf und ging.

Er drehte sich nicht noch mal zu mir um, und erst als er am Ende der Straße angekommen war, rannte ich hinter ihm her, um ihn einzuholen. Nachdem wir vor seinem Auto stehen geblieben waren, fragte er mich, wohin ich wollte. Der einzige Ort, der mir einfiel, war der asiatische Imbiss, in dem wir schon einmal gewesen waren. Erst da bemerkte ich, wie viel Hunger ich hatte. Vincent zuckte mit den Schultern und stieg ein, ich tat dasselbe. Heißer Wind wehte durch das offene Fenster und ich schnallte mich an. Die Flecken auf der Frontscheibe waren immer noch da, doch sie hatten sich verändert, jetzt sahen sie aus wie der Umriss dieser Stadt. Vermischt mit Regen und Dreck aus verschmierten Insekten. Eine Welt aus dunklen Punkten. Dahinter war die Straße. Ich streckte meinen Arm aus dem Fenster und schrieb mit dem Finger Wörter in die Häuser, auf die Blätter und in die Gesichter, strich sie wieder weg und neue darüber. Mir war heiß, als hätte ich Fieber, ich dachte an meinen Vater, dann an Vincent und dann wieder an meinen Vater, er kam mir vor wie ein Fremder. Und mit Fremden redete man nicht. Vielleicht war auch nicht er der Fremde, sondern ich war es für ihn, noch viel mehr als er für mich, ich verstand es nicht. Unwillkürlich holte ich den Zettel meines Vaters aus der Hosentasche und warf ihn in einer geraden Linie aus dem Fenster. Wie einen Sprengkörper.

KAPITEL 14

Kolja füllte die Regale auf und sortierte Flaschen, Zigaretten und Chipstüten in die Lücken, die entstanden waren. Als er fertig war, nahm er sich ein Bier aus dem Kühlschrank, öffnete es, lehnte sich mit den Ellbogen auf den Tresen und beobachtete durch die weit geöffnete Tür die Straße. Er überlegte, wo er jetzt wäre, wenn er nicht in diesem Kiosk stehen würde. Vielleicht in Syrien und ohne dass er es wollte, dachte er wieder an den Tag in Somalia, an dem sie in die Wüste gerannt waren. Irgendwann hatte sich die Nacht über sie gesenkt. Es war immer kälter geworden, und auch wenn sie sich sicher gewesen waren, dass sie nicht versehentlich in die Richtung liefen, aus der sie gekommen waren, war Joan nach einer Stunde stehen geblieben und hatte sich geweigert weiterzulaufen. Stattdessen hatte sie vorgeschlagen, ein Loch in den Sand zu graben, groß genug, damit sie sich hineinlegen und auf das Ende der Nacht warten konnten. Kolja war dagegen gewesen. Nicht weil es ihm gefallen hatte, durch die Wüste zu laufen, er hatte geahnt, dass sie sich nahezu orientierungslos bewegten. Dennoch hatte die Angst davor, wer sie am Morgen, sobald es hell geworden war, als Erstes entdecken würde, überwogen. Selbst über größere Distanzen wären sie sichtbar gewesen. Joan hatte ihm nicht zugehört, ihre Hände tief in den Sand geschoben und angefangen zu graben. Ihre Stimme hatte die Stille zerrissen und sie waren in Streit geraten, Kolja hatte sie ins Gesicht geschlagen und am Arm gepackt. Die Nacht war so dunkel gewesen, dass er weder seinen vollständigen Arm noch sie gesehen hatte. Lediglich ihr Gewicht hatte ihn davon überzeugt, dass es kein Geist war, den er hinter sich herschleifte. Auch als der Morgen hereingebrochen war, konnte er nicht mehr erkennen. Sie waren in einen Sandsturm geraten, und das matte Schwarz war zu einem hellen, doch undurchdringlichen Gelb geworden. Das Einzige, was er zwischen dem Sand gesehen hatte, waren Joans Umrisse. Zwei Tage später hatten sie Luuq erreicht, eine Stadt, die zwar im Süden Somalias lag, doch viel weiter nördlich war, als sie ihre eigene Position eingeschätzt hatten. In Mogadischu waren sie nie angekommen. Stattdessen waren sie von Luuq aus zurück zur Grenze gefahren. Tage, die wie in Rauch aufgegangen waren. Er blickte aus dem Fenster, ein Windstoß ließ die Unterseiten der Blätter aufleuchten und legte sich auf den Schweiß auf seiner Stirn. Er spürte die Müdigkeit in seinen Knochen, setzte sich nach draußen, nahm seinen Schlüsselbund aus der Hosentasche und –

Es war laut. Jedenfalls dachte er das, rieb sich mit den Fingern über die geschlossenen Augen, während die Geräusche, die er hörte, zu zwei verschiedenen Stimmen, danach zu vereinzelten Wörtern wurden. Irgendetwas mit Blau, verwegen oder von wegen, zwanzig Tagen, aber, Silber, vielleicht auch Poker, er hasste Poker, hatte das noch nie verstanden, musste trotzdem an eine Pik Sieben denken, dann an Karajan, dazwischen der Geruch von gebratenem Hähnchen, das Unerwartete, ein Gedanke aus dem November. Er wusste nicht, wie spät es war, glaubte trotzdem den Abend zu spüren. Die Stadt war ihm nie lauter vorgekommen als in diesem Augenblick. Er überlegte, ob er die Stimmen kannte, womöglich, wahrscheinlich, hoffte, wieder in den Schlaf zu driften, die Wörter zu vergessen, und wollte nicht aufwachen.

Selbst als er es tat, wusste er nicht, wo er war. Die Sonne war weitergezogen, sie blendete ihn, ihre Strahlen schossen ihm durch die Pupillen direkt ins Hirn. Da war die Straße, dann noch die Whiskeyflasche. Sie stand vor ihm auf dem Tisch, darunter lag die aktuelle Ausgabe der *New York Times*, die sich in dieser Stadt kaum verkaufte, aber zu seinen Lieblingszeitungen gehörte. Vielleicht nur deswegen, weil darin die meisten seiner Bilder veröffentlicht worden waren. Daneben lagen sein Tabak und eine Schachtel Streichhölzer, er betrachtete sie lange, wie um herauszufinden, wer er gewesen war, bevor er geträumt hatte. Er streckte seine

Hände aus, drehte sie im Schatten, die Haut unter den Fingernägeln war viel heller als die restliche, er glaubte seinen Namen zu hören. Erst jetzt bemerkte er, dass David neben ihm saß. Er trug dasselbe Hemd wie in den letzten Tagen. Dasselbe, das er sich für Katharinas Beerdigung angezogen hatte. Die roten Flecken waren immer noch zu sehen. Dunkle Ränder säumten seine Augen, als hätte er auch seit Tagen nicht geschlafen. Kolja überlegte, ob sie sich nicht gegenseitig ausknocken könnten, um die obligatorischen sieben Stunden am Tag zu erreichen. Ein Abdruck zeichnete sich auf Davids Handgelenk ab. Es war der einer Armbanduhr, die er nicht länger trug.

»Ich wollte dich nicht wecken, nur nachsehen, ob Levi bei dir ist, und dann kam der Erste, um eine Zeitung zu kaufen, danach der Nächste ... wie funktioniert die Kasse?«

»Das kriegt doch selbst ein Elfjähriger raus«, erwiderte Kolja lauter, als er es beabsichtigt hatte.

Er hatte Kopfschmerzen, die Hitze drängte gegen seine Schläfen.

»Wolltet ihr euch nicht treffen?«

Es fiel ihm schwer, seine Augenlider vollständig zu öffnen. David biss sich auf die Lippen.

»Ich bin zu spät gekommen. Anscheinend ist er mit meinem Nachbarn unterwegs.«

»Woher weißt du das?«

»Hat mir einer deiner Kunden erzählt, während du geschlafen hast«, er verstummte und schüttelte den

Kopf, bevor er den Satz beendet hatte. »Ich sollte ihn suchen.«

Bevor er aus dem Schatten in die Sonne trat, schirmte er seine Augen ab. Dann setzte er sich wieder hin, als wäre ihm ein Gedanke gekommen.

»Woher kennen die beiden sich überhaupt? Kennst du ihn? Anscheinend wohnt er im selben Haus, lediglich ein Stockwerk über mir. Ich habe ihn noch nie gesehen.«

»Wie viele deiner Nachbarn kennst du denn?«

»Keinen«, antwortete David mit hochgezogenen Augenbrauen, als wäre ihm das erst in dieser Sekunde aufgefallen. »Wer ist dieser Typ? Kennst du ihn?«

»Das ist Vincent, ich kenne ihn flüchtig.«

»Und?«

»Was und?«

»Seit wann kennen die beiden sich?«

»Ich denke, noch nicht so lang.«

Eine tiefe Kerbe erschien zwischen Davids Augenbrauen.

»Vielleicht sollte ich sie wirklich suchen gehen oder meinst du, es ist besser, wenn ich hier warte? Vielleicht ...«

Kolja hörte ihm nicht länger zu, schlug ein Bein über das andere, krempelte die Ärmel seines Hemdes nach oben und zog die Zeitung, die auf dem Tisch lag, mit einer kurzen Bewegung zu sich heran, sodass er unauffällig einen der Artikel lesen konnte, während er wartete, bis David verstummte. Als es so weit war, wandte er sich ihm zu und sah ihn aufmerksam an. Sein Blick wanderte von der Straße zu Kolja, von Kolja zum Tisch und vom Tisch auf seine eigenen Hände. Er konnte nicht eine Sekunde auf demselben Punkt verweilen.

»Worüber redet ihr eigentlich, wenn er hier ist?«

Kolja zuckte mit den Schultern.

»Über die Wüste und die beste Kaugummisorte.«

»Du erlebst ihn, wie ich ihn nie sehe.«

»Willst du was trinken?«, fragte Kolja, worauf David mit einem knappen Nicken reagierte.

»Ich kenne ihn mit jedem Tag, der vergeht, weniger.«

Kolja ging hinein, um ein weiteres Glas zu holen.

»Ich höre sie«, sagte David, als er wieder nach draußen kam, wie auf eine Frage, die Kolja nicht gestellt hatte.

»Wen? Levi?«

»Nein, Katharina.«

Während er fortfuhr, tippte er sich mit dem Zeigefinger gegen die Stirn.

»Gestern Abend habe ich irgendwann angefangen, mich mit ihr zu streiten, und erst nach zehn Minuten begriffen, dass nichts davon real war. Ich bin nur von Geistern umgeben. Obwohl sie tot ist, hält sie mich vom Arbeiten ab, wegen ihr komme ich zu spät, vergesse meine Autoschlüssel und Termine.«

»Worüber habt ihr euch gestritten?«

»Über Levi. Sie glaubt immer noch, dass ich …«, er hielt inne, »… also ich meine, ich glaube …, ich weiß nicht, wie ich mit ihm reden soll, immer wenn ich es versuche, geraten wir nach wenigen Minuten in die nächste Auseinandersetzung. Es sind immer dieselben, ohne dass ich sagen könnte, worum sie sich wirklich drehen. Ich weiß nicht einmal, ob das erst seit ihrem Tod so ist oder ob es vorher schon so war und ich es erst jetzt bemerkt habe. Im Grunde hat Katharina die Tage mit ihm verbracht. Selbst die Nächte, und obwohl sie nicht mehr da ist, kann ich nicht aufhören, mit ihr zu streiten. Sie widerspricht mir sogar noch öfter als vorher.«

Das war das erste Mal, dass Kolja ihn lachen sah. Sie tranken jeder einen Schluck.

»So ähnlich geht es mir auch manchmal.«

»Mit wem redest du?«

»Mit alten Freunden«, sagte Kolja und dachte an Joan.

Er schrieb ihren Namen mit den Fingern auf den Tisch. David bemerkte es nicht.

»Hast du schon immer hier gelebt?«

»Nein.«

Kolja lehnte sich zurück, während er versuchte, sich das vorzustellen. Ein absurder Gedanke, er brachte ihn zum Lächeln. Bevor er den Kiosk gekauft hatte, war er nie länger als sechs Monate an einem Ort gewesen, und auch wenn die Regionen und Städte, in denen er die letzten Jahre verbracht hatte, sehr unterschiedlich gewesen waren, hatten sie alle eine Gemeinsamkeit gehabt: Sie hatten sich ununterbrochen verändert. Wenn er nicht unterwegs gewesen war, hatte er in New York gearbeitet, er hatte die Stadt schon immer gemocht und auch keinen anderen Ort erlebt, der ähnlich gewesen wäre. Kolja mochte das Gefühl, das er hatte, wenn er sich dort auf den Straßen bewegte. Auch wenn er es nicht beschreiben konnte. Er blickte auf seine Hände und war erleichtert, als David verstummte und ihm keine weitere Frage mehr stellte.

»Wie hältst du diese Monologe aus?«

Kolja beugte sich über die Stuhllehne und tastete nach der Flasche, die darunter im Schatten stand. Als er sie gefunden hatte, füllte er ihre Gläser von Neuem bis zur Hälfte.

»Ich trinke zu viel.«

»Nicht schlecht, die Taktik.«

Ja, dachte Kolja und antwortete: »Vielleicht.«

»Ich habe wieder angefangen zu rauchen, davor habe ich alles, was Katharina gehörte, in Kartons verstaut und aus der Wohnung geräumt.«

»Und? Hat es geholfen?«

»Seitdem höre ich sie nur noch halb so oft. Meinst du, das hört irgendwann auf?«

»Nein«, antwortete Kolja so schnell, dass David mit offenem Mund aufblickte, und selbst als er ihn schloss, kam es Kolja so vor, als hätte er aufgehört zu atmen und müsste sich erst daran erinnern, wieder damit anzufangen. Sie saßen schweigend nebeneinander, bis er David fragte, wie Levi darauf reagiert hatte, dass er die Dinge, die Katharina gehört hatten, aus der Wohnung entfernt hatte.

»Er hasst es«, sagte David schlicht.

Eine Seite des Himmels verfärbte sich, von tiefblau zu weiß, dann grau und wieder blau. Mit einer flüchtigen Bewegung zog Kolja an seinem Hemd, das ihm am Oberkörper klebte. Durch die Nachmittagshitze war kaum jemand auf der Straße, stattdessen hing so viel Staub in der Luft, dass Kolja glaubte, er würde ihm wie Sand durch die Finger rinnen, wenn er hineingegriffen hätte. Stattdessen blieb er regungslos sitzen.

»Wenn ich es nicht getan hätte, wäre ich wahnsinnig geworden, und das hätte ihm noch weniger gefallen. Weißt du, ich habe mir immer vorgenommen, dass mein Sohn weiß, wer sein Vater ist. Ich kannte meinen nicht. Und jetzt?«

David streckte seine Beine aus, leerte das Glas in seiner Hand mit einem Zug und stellte es auf den Tisch zurück. Das Geräusch schien den Staub in der Luft kurz vibrieren zu lassen.

»Ich sage Sätze zu ihm, die ich früher selbst gehasst habe. Nicht nur gehasst, sondern verachtet. Damals hatte ich mir geschworen, nie so zu werden. Und dann sehe ich ihn an und er reagiert darauf genauso, wie ich es getan habe, sodass ich keine Argumente mehr habe und mich nur wiederhole. So lange, bis ich mir selbst wie eine Karikatur vorkomme.«

Kolja füllte die Gläser erneut, diesmal bis zum Rand.

»Letzte Nacht habe ich geträumt, dass er nicht länger elf, sondern so alt ist wie ich. Was denkst du, was soll ich tun?«

»Was meinst du damit?«, fragte Kolja, obwohl er die

Antwort schon kannte, doch er wollte sich weder einmischen noch Ratschläge geben.

»Was würdest du an meiner Stelle tun?«

»Ich bin nicht an deiner Stelle.«

»Und wenn du es wärst?«

»Das bin ich aber nicht, außerdem ...«

»Komm schon.«

Kolja nahm sein Glas vom Tisch und betrachtete das Sonnenlicht, das sich mit der Farbe des Whiskeys mischte.

»Ich weiß es nicht.«

»Ist das eine Lüge?«

»Natürlich.«

»Ich will, dass er mir zuhört.«

»Vielleicht hört er dir nicht zu, weil du ihm nicht zuhörst.«

»Ja, weil er mich wahnsinnig macht! Wie soll ich denn da ruhig bleiben?«

»Tue es einfach.«

»Und wenn ich das nicht kann?«

»Dann spiel es.«

Kolja hielt Gelassenheit für einen der wichtigsten Charakterzüge. Es war nicht Empathie, keine Sensibilität, es war nicht einmal Ehrlichkeit, auch nicht Glücklichsein, es ging nur um Stärke. Es war das Einzige, das ihn widerstandsfähig machte gegen alle anderen Gefühle. David schwieg, sodass Kolja glaubte, bereits mit den wenigen Worten zu viel gesagt zu haben. Sie schwiegen lange, eine halbe Stunde.

»Soll ich dir etwas verraten?« Erleichtert darüber, dass David die Stille beendete, nahm Kolja einen Schluck aus seinem Glas. »In dem Augenblick, in dem Levi anfing zu reden, und damit meine ich nicht einzelne Wörter und Laute, sondern richtige Sätze mit einem Anfang und einem Ende, als ich zum ersten Mal wirklich hören konnte, was in ihm vorgeht und was er sieht, war das einer der schönsten Momente in meinem Leben. Und er hat viel geredet, ununterbrochen, manchmal hat er dasselbe 73-mal am Tag wiederholt, immer wieder, und ich habe es mir trotzdem angehört. Er hat mir alles erzählt. Jedenfalls glaube ich das. Ich kann mich nicht daran erinnern, wann er damit aufgehört hat. Vielleicht war es im Januar, vielleicht auch schon früher, letztes Jahr oder in dem davor, ich weiß es nicht. Als er anfing zu schreiben, hat er seinen vollen Namen auf alles gesetzt, was er Katharina oder mir gemalt hat: Levi Naquin. Als wenn wir nicht gewusst hätten, von welchem Levi wir die Zeichnungen hatten.«

Unwillkürlich hob er die Hand und blickte auf den Abdruck auf seinem Gelenk. Es wirkte, als wäre diese Bewegung bereits Teil seines Körpers und die Uhrzeit selbst unwichtig geworden.

»Letztes Jahr im August war es genauso heiß wie jetzt, ich habe oft erst mittags angefangen zu arbeiten, in den Abend hinein bis spät nach Mitternacht. Vormittags sind Levi und ich schwimmen gegangen, die Ferien hatten gerade erst begonnen. Wir saßen an einem See, mit einer Insel in der Mitte. Sie war nicht groß, es passten gerade so fünf Bäume darauf. Er nannte sie ›Ceylon‹. Zusammen sind wir zu ihr herübergeschwommen. Das Wasser war grün, daran kann ich mich noch erinnern, selbst der Grund war zu sehen, obwohl wir bereits nach wenigen Metern nicht mehr darauf stehen konnten. Levi schwamm vor mir, einen leichten Sonnenbrand im Nacken, darüber die dunklen nassen Haare, in denen Sand klebte. In dem Jahr davor hatte er sich noch nicht so weit in den See getraut. Ich weiß noch, dass ich das dachte, und obwohl ich sein Gesicht nicht sehen konnte, wusste ich, dass er lachte und Wasser schluckte. Sobald wir das Ufer erreicht hatten, ist er aus dem Wasser gerannt, zwischen den Bäumen entlang, bis auf die andere Seite, so aufgeregt, als hätte er eine versunkene Stadt gefunden, die außer uns niemand kannte. Er tat so, als würde er Kakao, Kaffee und Kapok aus den Bäumen holen, ich glaube, in seiner Vorstellung waren es nicht einmal Bäume, sondern Palmen, deren lange Blätter bis ins Wasser ragten. Die Insel lag auch nicht länger in der Mitte eines Sees, sondern mitten im Ozean. Vollgestopft mit Walen und Rochen. Ich habe mich an den Scherben im Sand geschnitten.«

David griff nach dem Glas und stieß dabei gegen die Whiskeyflasche. Sie zerschellte in den Umrissen seines Schattens und ihr Inhalt rann in einer schmalen Linie über den dunklen Asphalt bis auf die Straße. Einen Augenblick lang betrachtete er das Glas in seiner Hand, dann trank er den restlichen Whiskey, der noch darin war, um danach die Scherben in das leere Glas zu legen.

»In Wirklichkeit war es eine Insel voller Kippen, leerer Plastiktüten und benutzter Kondome.«

KAPITEL 15

Vincent hielt am Straßenrand und stieg aus. Im Rückspiegel erkannte ich, wie er hinter dem Auto entlangging, während ich mich gegen die Tür stemmte. Gerne wäre ich noch weitergefahren, immer weiter, raus aus der Stadt und in eine andere hinein, wohin, war mir egal. Ich verließ den Beifahrersitz und blinzelte wie ein Tier, das sich verirrt hatte. Mein Magen knurrte. Hunger hatte eine Farbe, sie war Rot. Ich spürte Vincents Hände auf meinen Schultern, am liebsten hätte ich mich an ihm hochgezogen bis auf seinen Rücken. Stattdessen sah ich mich um. Die Straße sah ganz anders aus als vorgestern.

»Ich muss noch was erledigen. Danach gehen wir etwas essen, versprochen.«

Er hielt eine Tür auf, schickte mich mit einem kurzen Nicken durch und schloss sie hinter sich. Die Fenster waren mit Zeitungspapier verklebt und ich brauchte ein paar Sekunden, bis sich meine Augen an den schwach beleuchteten Raum dahinter gewöhnt hatten. Erst dann formten sich eine dunkle Theke, Spielautomaten und mehrere runde Holztische aus den Fragmenten in meinen Augen. Nur einer von ihnen war besetzt. Die Köpfe der Menschen, die um den Tisch herum saßen, verschwanden in dem Qualm ihrer Zigaretten. Sie spielten Karten, ich kannte keinen von ihnen, Geldscheine wurden über den Tisch geschoben. Vincent drängte mich bis in die Mitte des Raumes, bestellte etwas zu trinken und ließ mich wissen, dass er in wenigen Minuten wiederkommen würde. Ich fragte ihn, wohin er wollte. Er verstummte und verließ den Raum durch eine Tür, die sich an dessen Ende befand. Ich sah ihm hinterher. Als er wiederkam, hatte er eine schwarze Tasche in der Hand.

»Was ist das?«

»Was?«

»Was die spielen …«

»Poker, glaube ich.«

Er reckte den Kopf, um auf den Tisch zu sehen. Ich sah darunter, Centstücke lagen zwischen den Füßen verstreut. Leise erklärte er mir die Regeln, nach denen sie spielten. Ich mochte das Geräusch der Karten, wenn sie auf den Tisch geworfen wurden. Keine von ihnen blieb lange liegen. Als einer der Spieler aufstand, rückte Vincent zur Seite und schob mich auf den Stuhl in die frei gewordene Lücke. Hinter mir stehend nahm er die Karten, niemand bewegte sich, selbst der Qualm schien in der Luft zu kleben. Nachdem wir wieder draußen vor seinem Auto angekommen waren, gab er mir die Hälfte seines Gewinns und schlug mir lachend auf die

Schulter, dann wurde er ernst. Ich musste ihm versprechen, niemandem etwas davon zu sagen, und selbst als ich bereits genickt hatte, wiederholte er es noch einmal und betonte, dass das unser Geheimnis war.

Als wir jeweils vor einer Schüssel Reis saßen, verriet ich ihm, dass ich mir nicht sicher war, ob es reichte, nur auf den Tiger zu warten.

»Ich habe mir etwas überlegt«, fing ich an. »Wir ködern ihn.«

Vincent begann zu lächeln.

»Und was ist der Köder?«

»Die Urne, schon vergessen?«

Er nickte langsam, als würde er eine Erinnerung, die weit herausgetrieben war, mit jedem weiteren Nicken an einem langen Seil wieder zu sich ziehen, dabei kaute er an seinen Nägeln. Irgendetwas gefiel ihm nicht, das konnte ich sehen. Seine dunklen Haare hingen ihm vor den Augen und er schien nachzudenken. Doch er sagte nichts, stattdessen wandte er sich ab und wischte mit den Stäbchen, die zwischen seinen Fingern klemmten, durch die Luft, als wollte er seine Gedanken durchstreichen. Ich griff nach meiner Gabel, versenkte sie zwischen dem Reis in der Schüssel und bildete mir ein, so etwas wie Gefahr zu riechen. Sie roch nach Rauch und schmeckte wie Blut. Es schien mir bis zu den Ellbogen zu reichen, hinter mir eine dichte Wand aus verkohlten Palmen. Kaum von den schwarzen Vögeln dazwischen zu unterscheiden, die auf den Rücken der Tiger landeten, um sich von den Parasiten aus ihrem Fell zu ernähren. In diesem Moment wollte ich zu ihnen gehören und zwischen ihren Pranken auf meine Knie, dann die Handgelenke sinken, um als einer von ihnen durchzugehen. So als wäre das schon immer so gewesen. Sie leckten das Salz aus meinen verschwitzten Handflächen. Blaugrün schimmernde Käfer schoben sich aus dem Sand, an meinen Knöcheln und den Seiten meiner Beine entlang, dabei bewegten sie ihre Kiefer, als wollten sie etwas sagen. Erst als Vincent aufstand und gegen mich stieß, kippte ich hinter meinen Augen weg, auf den Stuhl zurück.

Der Himmel war von gelben Flecken durchzogen. Die Sonne war nirgends zu sehen. Für die Falle, die wir brauchten, war mir nur ein einziger Ort eingefallen. Vincent schien enttäuscht zu sein, als er erkannte, um welchen es sich handelte. Wir fuhren trotzdem hin und ich schob die Hände tief in die Hosentaschen, als wir ausstiegen. Vor einem Metallzaun angekommen, zog ich die rostigen Maschen auseinander. Ein Riss entstand dazwischen, vorher war er nicht zu sehen gewesen. Mit einem kurzen Nicken schickte ich Vincent durch ihn durch und folgte ihm. Vincent lief ein paar Schritte vor mir und jedes Mal, wenn ein Stein im Weg lag oder ein dicker Ast kam, machte er mich darauf aufmerksam. Da waren Maden, die wir anstarrten. Die trockenen Halme wichen unter meinem Gewicht zur Seite, sie knackten, ich mochte das Geräusch und wusste, ohne mich umzudrehen, dass ich eine Spur hinterlassen hatte, und dann waren wir da. Vor uns lag das Schwimmbecken. Es erinnerte mich an einen tiefen Krater. Vincent meinte, es seien mindestens vier Meter. Außer uns war niemand hier. Die Wände waren von hellblauen Kacheln bedeckt, sie glänzten im Licht. Jede von ihnen war von schmalen Rissen durchzogen. Helle Linien. Von Bäumen beschattet befand sich auf einer Seite des Beckens ein Sprungbrett. Eine gelbe Fläche mit rissigen Kanten, unter der die alte Farbe zum Vorschein kam. Sie war dunkelblau. Mit betrunkenen Händen und in einer weit ausschweifenden Handschrift hatte jemand »DSCHUNGEL« darauf geschrieben. Für die letzten Buchstaben war nicht mehr genug Platz gewesen, sodass sie auf dem Kopf geschrieben wie geduckt zum Anfang des Bretts zurückkehrten. Auf der gegenüberliegenden Seite des Beckens stand ein Hochsitz, unter ihm reihten sich Bierflaschen, leere Chipstüten und ausgetretene Kippen. Das Becken selbst war fast leer, nur am Grund sammelten sich grünes Wasser, blaue Müllsäcke und Bretter. Darauf trieben kleine Pflanzen wie sich windende Schlangen. Dazwischen schwammen abgebrochene Äste, einige von ihnen ragten in die Luft, sie sahen aus wie Nilpferde, die mit weit aufgesperrten Mäulern in der Sonne dösten, während Vögel auf ihren gelben Zähnen landeten. Ich stellte mich dicht an den Rand.

»Das …«, ich lief von einem Ende zum anderen, die

Arme hinter dem Kopf verschränkt, »... wird die Falle. Wir müssen alles rausholen, alles.«

Vincent krempelte seine Hose hoch, stieg eine der beiden Leitern hinunter und schob die Äste, die Müllsäcke und die Flaschen beiseite. Ich tat dasselbe und fuhr mit den Händen so lange durch das Wasser, bis Luftblasen an die Oberfläche kamen. Dann schöpften wir das Wasser heraus und die Stunden vergingen. Ich holte die Urne vom Dach und stellte sie in die Mitte des Beckens. Dabei erklärte ich Vincent den Plan, den ich hatte. Im Grunde bestand er nur aus Warten. Wir stiegen die verrostete Leiter des Hochsitzes hoch, oben angekommen setzten wir uns. Als Erstes passierte nichts.

Dennoch starrte ich ohne zu blinzeln auf den Grund des Beckens, so lange, bis sich ein kühler Film über meine Augen zu legen schien. Die schwarze Urne hob sich deutlicher als alles andere von den hellblauen Kacheln ab. Wie ein Geheimnis, das nicht dort hingehörte. Ähnlich wie beim Tod gab es einige Dinge, die man über Geheimnisse wissen musste: Jeder hatte welche, auch wenn man sie nicht sehen konnte, und jeder kannte nur seine eigenen, sonst waren es die der anderen.

Geheimnisse entstanden durch das, was niemand wissen durfte, und existierten sie erst einmal, vermischten sie sich mit Staub und Gas und begannen sich in der Luft zu drehen. Manchmal blieben sie aneinander kleben. Manche Menschen hatten so viele Geheimnisse, dass sie ununterbrochen von einem Schwarm begleitet wurden, der ihnen im Gesicht hing und an den Haaren riss, sodass sie sich unentwegt kratzten, über Dinge stolperten, die scheinbar da waren und unvermutet auf der Straße stehen blieben, um gleich darauf in die andere Richtung zu gehen.

Sobald Geheimnisse geteilt wurden und je mehr von einem wussten, desto gefährlicher wurden sie, und je gefährlicher sie wurden, desto schneller begannen sie sich um ihre eigene Achse zu drehen. Zunächst ganz langsam, mit dem Auge kaum zu erkennen, irgendwann so schnell, dass sie anfingen zu flimmern. Doch auch wenn jeder welche hatte, konnte sie nicht jeder für sich behalten. Am Anfang war es mir sogar unmöglich vorgekommen, und ich hatte sie anderen erzählt, damit diese sie für mich geheim hielten, wodurch sie allerdings nicht kleiner, sondern größer geworden waren. Auch meine Eltern hatten Geheimnisse. Sogar voreinander.

In den letzten Wochen hatten sie öfter gestritten als in denen davor. Das wusste ich nicht, weil sie es mir gesagt hatten, sondern weil ich nachts von ihren Stimmen aufgewacht war. Manchmal hatte ich mir das Kopfkissen auf die Ohren gepresst und war wieder eingeschlafen, in anderen Nächten war ich aufgestanden, in den Flur gegangen, hatte mich, mit dem Rücken gegen die Wand gelehnt, auf die Dielen gesetzt und ihnen zugehört. Deswegen wusste ich auch, dass meine Mutter immer übertrieb, mein Vater nie da war, sie nicht alleine sein konnte, er nur an sich dachte und sie immer im Mittelpunkt stehen musste. Dass er zu wenig Zeit mit mir verbrachte, sie nicht zuhörte und er ein Verhältnis hatte. Jedenfalls war es das, was ich in diesen Nächten im Flur gehört hatte. Einmal hätten sie mich fast erwischt. Ohne dass ich es hätte ahnen können, war mein Vater in den Flur gestürmt, hatte auf dem Weg ins Treppenhaus seine Jacke vom Haken an der Wand gerissen und die Wohnungstür hinter sich offen stehen lassen. Bevor meine Mutter sie geschlossen hatte, war sie im Türrahmen stehen geblieben, so als würde sie warten, während seine Schritte leiser geworden und schließlich verschwunden waren. Erst da hatte sie angefangen zu sprechen, so als würde er noch vor ihr stehen: »Ich habe dir gesagt, was passieren wird, wenn du gehst.«

Diesen Satz hatte sie dreimal wiederholt. Keiner der beiden hatte mich bemerkt. Als ich sie in den darauffolgenden Tagen gefragt hatte, wo er war, antwortete sie, er würde einen sehr langen Spaziergang machen. Seine Stimme hatte mir als Erstes gefehlt, dann war sein Geruch verschwunden, erst als er wieder da war, war beides in umgekehrter Reihenfolge wiedergekommen. Wenn ich einen der beiden fragte, was passiert war, taten sie so, als wüssten sie nicht, wovon ich redete. Das war das Einzige, in dem sie sich einig gewesen waren. Eine Antwort, die keine war. Ihr Schweigen war im

Lärm der Stadt untergegangen, und je länger niemand etwas sagte, desto wahrscheinlicher wurde es, dass es nicht zur Wirklichkeit gehörte.

Den nächsten Streit, den sie miteinander hatten, war an dem Tag, an dem meine Mutter gestorben war. Morgens, vor den Fenstern, war das Orange des Sonnenlichts in das Blau des Himmels gelaufen, als hätte jemand hineingestochen. Auf einem Plastikstrohhalm kauend, hatte ich am Küchentisch gesessen und mein verzerrtes Spiegelbild in dem Löffel in meiner Hand angesehen, während ihre Stimmen sich wie Risse im Eis den Flur entlang und in jedes der Zimmer ausgebreitet hatten. Je lauter sie geworden waren, desto tiefer hatten sie ausgesehen, bis sie die Wohnung in zwei Hälften zerteilt hatten. Ich hatte nie wirklich verstanden, über was sie eigentlich stritten. Mir kam es so vor, als wären es immer dieselben Wörter gewesen. Ich wusste nicht, ob ich mich an diesen Streit besser als an alle anderen erinnern konnte, weil es der letzte gewesen war oder weil es sich um mich gedreht hatte. Durch die geschlossene Tür hatte ich gehört, wie sie vom Badezimmer ins Schlafzimmer gelaufen waren. Sonst hatte ich sie immer an ihren Schritten voneinander unterscheiden können und ich erinnerte mich daran, dass mir die von meinem Vater vorher nie so unberechenbar vorgekommen waren, sodass ich für wenige Sekunden gedacht hatte, jemand anderes wäre hinter ihr durch den Flur gelaufen. Die Wörter, die sie sich entgegengeschleudert hatten, waren wie Messer in der Wand stecken geblieben. Vielleicht war das der Anfang gewesen.

Die Sonne sank tiefer. Wind kam auf. Vincent zündete sich eine Zigarette an und schmiss den heruntergebrannten Rest in einem Bogen über das Geländer. Irgendwann waren es sieben Filter, er begann seine Arme zu strecken und schlug vor, für heute aufzuhören. Nachdem er die Leiter hinuntergeklettert war, folgte ich ihm, eine der Sprossen brach, sodass ich abrutschte und mit dem Kinn auf eine der oberen knallte. Ein fremder Laut fiel aus meinem Mund, drehte sich und zerplatzte auf den Fliesen. Weiße Punkte explodierten, still pochende Schmerzen. Es blutete, Vincent fluchte. Er erschrak mehr als ich, sagte etwas und lief in die entgegengesetzte Richtung, bis ich ihn nicht mehr sehen konnte. Verschwitzt legte ich mich mit dem Rücken auf die Erde, ließ sie durch meine Finger rieseln und schaute nach oben, da waren die sich im Wind bewegenden Blätter, sie rauschten, das Sonnenlicht dazwischen, es ließ das Blut, auch meine nasse Hose, trocknen. Ich stellte mir vor, dass jeder dieser Bäume eine Stadt sein könnte, die senkrecht in den Himmel ragte. Eine Stadt, in der sich alle synchron zueinander bewegten. Als Vincent wiederkam, fluchte er immer noch, dabei schüttelte er eine dünne Flasche in seinen Händen, drehte sie nach links, dann nach rechts, auf den Kopf und wieder zurück. Die braune Flüssigkeit, die sich im Inneren befand, bekam Blasen. Ich nahm sie ihm aus den Händen.

»Kindersicherung.«

Nachdem ich sie geöffnet hatte, schüttete er den Inhalt auf ein Taschentuch und bestrich damit mein Kinn, die Hälfte landete auf meinem T-Shirt. Ich fragte ihn, ob es immer noch blutete. Ohne mir zu antworten, gab er mir die Flasche zurück und nahm ein weiteres Tuch, während ich mein Kinn abtastete und an den Tiger dachte.

Als es noch mehr von ihnen gegeben hatte, waren sie Schädel an Schädel nebeneinanderher gelaufen, so nah, dass ihre Seiten gegeneinandergeprallt sein mussten. Ich glaubte, dass man etwas hörte, wenn man zwischen ihnen stehen würde, so etwas wie einen Takt, der durch ihre Knochen hämmerte und der sie immer weiter führte. Selbst da, wo alles gleich aussah wie in der Wüste, wo ihr heißer Atem im Licht der tief stehenden Sonne leuchtete. Vielleicht kannten Tiger auch keine Zeit, sodass ihnen alles wie ein einziger Tag vorkam. Es gab ja auch Tiere, die ihre Farbe wechselten, Tiere, die über 250 Jahre alt wurden, und welche, die länger als 21 Meter waren. Wenn ich mir den Tiger vorstellte, den ich suchte, veränderte sich seine Größe ununterbrochen. Zuerst reichte mir sein Schädel bis zur Hüfte, dann bis zur Schulter und dann war er so groß, dass er auf mich herunterschauen konnte. Manchmal sah er aus wie jeder und dann war sein dickes Fell übersät mit Narben, die fremde Kiefer und Krallen auf ihm hinterlassen hatten. Er konnte seine Ohren in verschiedene

Richtungen bewegen, und wenn er rannte, überholte er seinen Schatten. Ich fragte mich, was er sah, wenn er durch die Straßen pirschte und in den Fensterscheiben seine Reflexion betrachtete. Wenn ich ihn mir vorstellte, war er schön, ich konnte gar nichts dagegen tun. Schön und noch etwas anderes, von dem ich nur wusste, wie es sich anfühlte. Das Wort dazu kannte ich nicht.

Von der Sonne geblendet riss ich den Arm nach oben, hielt ihn mir vor die Augen und blickte mich suchend um, als mir in den Sinn kam, dass er nicht nur von der Urne, sondern auch von Blut angezogen wurde. Vincent schüttelte den Kopf und forderte mich auf stillzuhalten. Mit dem Zeigefinger rieb er über mein Kinn.

Ich versuchte die Tränen zurückzuhalten, doch ohne dass ich es wollte, rannen sie mir über das Gesicht.

Während er ein letztes Mal über die Wunde strich, schien er tief in Gedanken versunken.

Es dämmerte, als wir durch den Zaun auf die Straße zurückkehrten, Vincent mit der Urne und ich mit einem Stein in der Hand, den wir uns abwechselnd zuwarfen.

»Denkst du, wir sind auch noch befreundet, wenn ich erwachsen bin?«

Verunsichert, ob ich mir die Frage selbst oder Vincent gestellt hatte, sah ich an mir herunter. Auf die dünnen Kratzer auf meinen Knien, die durch die zerschlissene Hose durchschienen. Vincent bemerkte meinen Blick, lachte und ich steckte den Stein in meine Tasche.

Dann zuckte er mit den Schultern, ohne etwas zu sagen. Ich glaubte Kolja vor dem Kiosk stehen zu sehen. Zwei Schritte weiter erkannte ich, dass ich falschgelegen hatte. Die Gestalt gehörte meinem Vater. Ich wandte mich ab, schaute ihn nicht an, da ich sicher war, dass er mich ansah.

KAPITEL 16

Die Hände in den Hosentaschen lief ich neben Vincent her, während ich ihm leise zuraunte, dass der Mann vor dem Kiosk mein Vater war. Er zuckte mit den Schultern und nickte, ohne langsamer zu werden. Neben ihm saß Kolja, ich sah, wie auch er den Blick hob und sich eine Zigarette anzündete. Mein Vater kam uns entgegen. Als wir voreinander stehen blieben, war Vincent der Einzige, der lächelte. Wir standen uns schweigend gegenüber, als wenn es einer dieser Augenblicke war, in dem man nichts anderes tun konnte, als abzuwarten, bis er vorbeigegangen war. Schließlich war mein Vater der Erste, der sich bewegte. Während er sich mit der Hand über den Nacken strich, wollte er wissen, wo wir herkamen, und unterbrach Vincent noch in derselben Sekunde, in der er anfing zu sprechen.

»Mit dir rede ich nicht.«

Vincent verstummte, zuckte mit den Schultern und ging an Kolja vorbei in den Kiosk. Mein Vater dagegen kam näher, unwillkürlich ging ich zurück und zählte jeden meiner Schritte. Als er mir die Frage noch einmal stellte, war seine Stimme so leise, dass ich sie fast nicht hören konnte.

»Wir waren nicht weit weg.«

Diese Antwort reichte ihm nicht.

»Nur beim Schwimmbecken.«

»Lügst du mich an?«

»Nein.«

Sein Gesicht verfinsterte sich, er sah mich an, als würde die Welt von nun an schweigen. Hinter ihm kam Vincent, mit einer Flasche in der linken Hand und der Urne in der rechten, wieder nach draußen. Kaum stand er neben meinem Vater, drehte der sich um und riss ihm zuerst die Flasche aus der Hand, um sie auf die Straße zu werfen, dann griff er nach der Urne, während die Flasche auf dem Asphalt zerschellte. Für wenige Sekunden dachte ich, dass er sie hinterherschmeißen würde. Ich starrte sie an und konnte nicht mehr atmen. Vielleicht hätte ich sie werfen und die Asche darin wie dunklen Regen auf uns herunterrieseln lassen sollen. Kaum hatte ich das gedacht, konnte ich ihre Stimmen nicht mehr hören, ich sah nur, wie sie sich dicht voreinander stehend anschrien, die Hände nach oben rissen, erst in die Luft, dann gegen die Schultern des anderen. Mein Vater schlug Vincent ins Gesicht. Der wischte sich mit dem Handrücken über die Stirn, ließ die Arme sinken und schaute meinen Vater einfach nur an, ich verstand es nicht, keinen von beiden. Dass Kolja mich aus dem Halbkreis vor sich her die Stufen hoch in den Kiosk bis ins Hinterzimmer schob, bemerkte ich erst, als er mir seine Hände auf den Rücken legte. Ich versuchte an ihm vorbei zurück auf die Straße zu gelangen, die Sonne begann den Himmel dunkelrot zu färben. Er drängte mich bis auf einen der Bierkästen, ich stieß gegen den Schreibtisch daneben, dann ging er wieder nach draußen, kaum hatte er sich umgedreht, kam mir ein Gedanke. Schneller als jeder andere. Immer noch wie taub fuhr ich herum, sah Kolja wiederkommen und ließ mich zurück auf den Bierkasten fallen, er rutschte über den Boden, nicht weit und ich starrte ihn mit zusammengebissenen Zähnen an. Selbst meine eigenen Wörter konnte ich nicht hören. Kolja schon, seine Lippen bewegten sich, als würde er mir antworten, seine Augen waren dunkelgrün. Daneben tiefe Falten, er roch nach Kernseife und Regen. Von einem seiner Zähne war ein Teil abgebrochen. Als er seine Hände auf meine Schultern legte, kamen die Geräusche wieder. Nicht allmählich, sondern alle zusammen, mir wurde schlecht davon. Hektisch ein- und ausatmend wandte ich mich von ihm ab, riss die Tür zum Badezimmer auf, der Geruch von Chemikalien kam mir wie eine Wand entgegen, ich warf die Tür wieder zu und fing an zu würgen. Kolja holte einen Eimer und stellte ihn vor mich hin. Ich fühlte seine Hand auf meinem Nacken, kühl und gleichzeitig warm, und hörte, wie er meinte, dass alles wieder gut werden würde. Ich wollte etwas sagen, doch wurde immer wieder durch mein eigenes Würgen unterbrochen.

»Das ist … Unsinn.«

Er kniete sich vor mich hin, und obwohl ich mein Erbrochenes auf dem Grund des Eimers anschaute, hörte ich am Klang seiner Stimme, dass er lächelte.

»Unsinn ist normal«, erwiderte er. »Die Wirklichkeit macht manchmal einfach keinen Sinn, sie ist ungerecht, sogar grausam, einfach so. Selbst wenn Erwachsene das Gegenteil behaupten.«

»Warum tut ihr dann so, als ob es anders wäre?«

»Weil Geschichten einfacher sind als die Wirklichkeit.«

»Warum?«

»Sie haben ein Ende, einen Anfang, irgendeine Bedeutung und etwas, das die Wirklichkeit viel seltener hat: ein ›Happy End‹. Meistens jedenfalls. Die Wirklichkeit dagegen ist anders: Sie ist nie so schlimm, dass es nicht noch schlimmer werden kann. Das hat Hobbes gesagt, nicht ich. Es ist auch nie so schön, dass es nicht noch schöner werden kann. Aber das hat Hobbes verschwiegen. Dieser Gedanke ist so einfach, dass ihn niemand ertragen kann, nicht einmal eine Minute lang, sodass sich jeder irgendeine Geschichte zusammenspinnt: über das Glück, die Hoffnung, den Tod, die Gerechtigkeit, den Sinn des Lebens, über Liebe und Freundschaften, über Nationen, über Hass, Wut und über sich selbst. So viele, dass niemand auf der Welt sie alle kennt. Irgendwann werden auch andere anfangen, dir Geschichten über dich und sich selbst zu erzählen. Darüber, wer du bist und werden solltest, was du kannst und noch nie konntest, was du tust und womit du aufhören solltest. Geschichten sind, was sie sind, sie bleiben Geschichten. Du kannst dir so viele erzählen lassen, wie du willst, Hunderte, tausend, völlig egal, das Einzige, worum es sich dreht, ist, an welche davon du nicht glaubst. Nur wenige wissen das überhaupt.«

»Mein Vater würde hassen, was du da sagst.«

»Die meisten tun das.«

Während meine Finger die Ränder des Plastikeimers umklammerten, folgte ich seinem Blick nach draußen, wo Vincent und mein Vater immer noch miteinander stritten, ihre Stimmen waren zu einer einzigen geworden, die bis zu uns nach hinten hallte. Kolja gab mir ein Handtuch, mit dem ich mir schniefend den Mund abwischte.

»Sie sehen seltsam aus.«

»Wie ein Flugzeugabsturz.«

Mir wurde kalt, gleichzeitig fühlte es sich so an, als hätte ich Fieber bekommen, und ich zog die Wirklichkeit in meine Lunge, tief hinein, sodass ich mich verschluckte.

»Wann vergesse ich sie endlich?«

»Überhaupt nicht«, hörte ich Kolja sagen, »aber irgendwann wird es besser.«

Dabei lächelte er mich an, als könnte er mir nicht alles auf einmal verraten. Ich war mir sicher, dass auch das nicht stimmte. Trotzdem fragte ich ihn, wann. Wenn es nur noch das Zweite oder das Dritte ist, woran du denkst, nachdem du aufgewacht bist. Das war seine Antwort.

Mein Vater erschien hinter ihm im Gang, seine Haare hingen ihm nass auf der Stirn. Der Ausdruck in seinem Gesicht war seltsam verschoben und die Stimme, mit der er meinen Namen sagte, war nicht die, die ich kannte. Ich griff nach Koljas Arm, was meinen Vater noch wütender zu machen schien. Er stieß die Luft aus, wandte sich ab und ich beugte mich erleichtert nach vorne, sodass mein Kinn das Schlüsselbein berührte. Verpasste fast, dass er umkehrte, und zuckte zusammen, als er mich aufforderte, zu ihm zu kommen. Ich blieb regungslos sitzen, und er wiederholte es, diesmal lauter. Aber da war kein Geräusch, das laut genug war, einen aufschrecken zu lassen, wenn man nur so tat, als würde man es nicht hören. An meinem Rücken spürte ich die Kante des Schreibtisches, und als wären wir wieder vor dem Krematorium angekommen und die Tage dazwischen nur so etwas wie ein Traum gewesen, kam mein Vater auf mich zu und packte mich mit beiden Händen bei den Hüften. Ich stemmte meine Füße gegen den Boden, während er mich hochriss und mit dem Kopf voran über seine Schulter warf. Mit den Knien schlug ich gegen seinen Oberkörper und versuchte, von ihm herunterzukommen. Das Hemd klebte ihm nass auf der Haut, durch den weißen Stoff zogen sich lange Falten, sie kreuzten sich untereinander. Unterbrochen von Schweißrändern, die von verschiedenen Tagen stammten. Kolja war aufgestanden und verschränkte seine Arme. Wenn er aufgebracht war, verschränkte er seine Arme. Mein Vater schleppte mich nach draußen, mit einer Hand hielt er mich fest, mit der anderen nahm er im Vorbeigehen die Urne mit, die vor dem Kiosk auf dem Tisch stand. Als er mit mir auf der Straße angekommen war, sah ich Kolja im Türrahmen lehnen, es hatte angefangen zu regnen, er hob die Schultern, wie um mir zu sagen, er könne nichts tun, und winkte mir zu. Die Wörter, die ich schrie, hallten an den Fassaden der Häuser entlang und flüchteten in die dahinterliegenden Straßen. Im Treppenhaus blieben sie am Geländer hängen und lösten sich auf, als wären sie nie gesagt worden.

Im vierten Stock zog mein Vater schwer atmend den Wohnungsschlüssel aus seiner Hosentasche, er ließ mich erst los, als er die Tür wieder hinter sich geschlossen hatte und wir im Flur standen. Während er kopfschüttelnd in die Küche ging, zog ich die Luft durch meine Lunge, lehnte mich mit dem Rücken gegen die Wand, er zog sein Hemd aus und fluchte, als er kein sauberes fand. Dann ging er ins Schlafzimmer und fluchte, dann ins Badezimmer und fluchte, er fand eins und fluchte. Er vertauschte die Knöpfe, sodass es schief an ihm herunterhing und er es schließlich offen ließ. Seine Wut drängte mir aus den Zimmern entgegen, von allen Seiten, ich konnte mich nicht länger aufrecht halten, rutschte an der Wand herunter und legte mich flach auf den Boden, mit weit ausgebreiteten Armen, und strich mit den Fingerspitzen über die Fugen der Dielen. Nie wieder würde ich aufstehen. Durch die offene Küchentür sah ich, wie er um den Tisch herumging, einen der Stühle drehte, sich setzte und wieder aufstand, um zum Kühlschrank zu gehen. Er blieb vor der Spüle stehen und spritzte sich Wasser ins Gesicht.

Der Kalender vor ihm an der Wand stand immer noch auf dem Augusttag, an dem meine Mutter gestorben war, als hätte die Zeit ihre Form verändert, zu einem Kreis, auf dem wir entlangbalancierten, dicht daran, das Gleichgewicht zu verlieren, um immer wieder am Anfang, vielleicht auch immer wieder am Ende, anzukommen. Mir wurde kalt, ich bemerkte, wie viel Durst ich hatte. Ohne meinen Vater aus den Augen zu lassen, drehte ich mich auf den Bauch und robbte ins Badezimmer. Erst als die Tür verriegelt war, richtete ich mich auf und griff unter mein T-Shirt. Hinter dem Bund meiner Hose klemmte die Pistole, die ich Kolja gestohlen hatte. Ich zielte auf mein Spiegelbild, es sah genauso aus wie das, was es war. Das eines Jungen, der zum ersten Mal eine Pistole in der Hand hatte, dann zielte ich auf eins der gegenüberliegenden Fenster, zog schließlich alles aus, was ich am Körper trug, ließ es auf den Boden fallen und legte die Pistole daneben. Dunkle Ränder aus Staub zogen sich über meine Beine, Hände und den Brustkorb. Ich ließ Wasser in die Badewanne laufen, setzte mich hinein und stellte mir vor, im Blut meiner Feinde zu baden. In der Küche hörte ich meinen Vater telefonieren. Er stritt mit irgendjemandem, während ich meinen Kopf gegen die kühlen weißen Fliesen lehnte und dem heißen

Dampf, der Richtung Decke stieg, zuschaute. Er ließ den Raum wie einen nebligen Nachmittag im November aussehen. Es klingelte. Die Stimme meines Vaters verstummte, stattdessen waren da seine Schritte und ich hörte, wie er durch den Flur hastete und telefonierend die Tür öffnete. Jemand sagte etwas, eine zweite Stimme. Die von Vincent, vielleicht glaubte ich das auch nur, weil ich es mir wünschte. Ich sank tiefer, sodass sich meine Nasenlöcher nur wenige Millimeter über dem Wasser befanden, und schluckte etwas davon herunter. Jedes Mal, wenn ich dachte, ich würde etwas von den Wörtern im Treppenhaus verstehen, begannen sie sich aufzulösen. Schließlich tauchte ich unter. Als ich zum dritten Mal zum Atmen an die Wasseroberfläche kam, konnte ich jeden Satz hören. Nicht weil die Stimmen lauter, sondern weil sie näher gekommen waren. Es war die Polizei, auch wenn sie sich Ermittler nannten. Ob es dieselben wie beim letzten Mal waren, konnte ich an ihren Stimmen nicht erkennen. Mit beiden Händen zog ich mich am Rand der Badewanne hoch und kniff die Augen zusammen, als könnte ich dadurch besser verstehen, worüber sie sprachen. Einer von ihnen, vielleicht war es auch mein Vater, lehnte sich von der anderen Seite gegen den Türrahmen des Badezimmers.

»Haben Sie das Fahrzeug oder das Kennzeichen vorher schon einmal gesehen? In dieser oder den umliegenden Straßen? Auf dem Parkplatz des Krankenhauses?«

»Unbewusst vielleicht, aber es ist mir nicht aufgefallen. Wurde etwas darin gefunden?«

»Das wissen wir noch nicht, es befindet sich noch bei der Spurensicherung, wir gehen nicht davon aus, etwas Verwertbares zu finden. Ohne die Zähne hätten wir nicht einmal genug Material gehabt, um die Leiche identifizieren zu können.«

Es wurde still, während ich befürchtete, die Zeit wäre stehen geblieben. Für jeden auf diesem Planeten, jeden außer mir, und während ich mir vorstellte, wie ich von nun an zwischen den erstarrten Skulpturen, die einmal Menschen gewesen waren, durch die Straßen laufen würde, redeten sie weiter. Über Zusammenhänge, die keine waren, und die Dauer von so welchen Ermittlungen. Bevor sie die Wohnung verließen, stellte einer von ihnen noch eine Frage. Er wollte wissen, wo mein Vater in der Nacht, als meine Mutter starb, gewesen war.

»Für das Protokoll?«

Die Antwort des Ermittlers fiel unter der Tür des Badezimmers auseinander, dafür hörte ich die meines Vaters umso klarer. Er sagte: »Zu Hause.«

Ich wusste, dass das nicht stimmte. Trotzdem hörte sich seine Stimme nicht anders an, nicht anders als sonst. Das war das Schlimmste daran. Ich wandte mich von der Tür ab und sah aus dem Fenster. Schwarze Papageien flogen am Horizont entlang. Grün reflektierende Gedanken drängten sich durch meinen Schädel. Ich hörte, wie er die Wohnungstür schloss, schluckte, fing an zu schwitzen und blieb regungslos in der Wanne sitzen, während ich die Türklinke anstarrte. Mein eigener Pulsschlag dröhnte mir in den Ohren, so laut, dass ich nicht mitbekam, wohin er sich bewegte, aber ich war mir sicher, dass auch er ihn hörte. Hinter meinen Augenlidern sackte er vom Stuhl hinunter auf die Dielen, erst auf die Knie, dann auf die Handflächen. Ich schämte mich für den Gedanken, dass ich mich auf seinen Rücken ziehen und meinen Kopf zwischen seine Schultern legen wollte, und sah uns trotzdem durch die Wildnis streifen. Gleichzeitig wollte ich meine Zähne in seinem Nacken versenken, einen Teil seines Ohres abreißen und es in den Sand spucken. Ich stellte mir vor, wie es wäre, seinen Schädel zwischen meine Hände zu klemmen, um in seine hellbraunen Augen zu sehen. Mit noch einem anderen Gesicht als Muster darin. Hektisch suchte ich nach den letzten Resten in meinen Erinnerungen, kaum hatte ich sie gefunden, sickerten sie zwischen meinen Fingern durch und schienen sich aufzulösen, noch bevor sie die Wasseroberfläche erreicht hatten. Immer wieder schüttelte ich den Kopf, als könnte ich sie dadurch aus den Ohren schleudern und andere formen, die weniger durcheinander waren. Ich konnte nicht mehr damit aufhören.

So leise es ging, atmete ich ein und tippte mit den Fingerspitzen im Rhythmus meines Pulses gegen meine Ellbogen und ließ mich langsam zurück unter die Wasseroberfläche sinken. Irgendwann würde auch er sterben, und ich würde es, und jeder, den ich kannte, würde dasselbe tun: sterben. Dieses Haus, diese Straße und diese Stadt würden verfallen, in der Erde versinken und das Universum würde herunterkommen, sich blau gelb schimmernd um uns herum zusammenfalten und tot, tot, tot, tot, tot, tot, tot, tot, tot, tot, tot, tot, tot, tot, tot, tot, tot, tot, tot, tot, tot, tot, tot, tot, tot, tot, tot, tot, stop und irgendwer, ganz woanders im Weltall, würde noch Jahre, vielleicht sogar Jahrhunderte später, die weiße Explosion sehen, die unser Ende gewesen war. Nicht größer als ein Punkt, als wäre eine Fliege gegen die Welt geflogen und an ihrem Firmament verschmiert worden.

Irgendwann stieg ich aus der Wanne, ging vor der Badezimmertür in die Knie und presste das Ohr gegen sie, das Wasser rann meine Beine herunter und sammelte sich auf den Fliesen. Ich zuckte zusammen, als es unvermutet klopfte, hätte fast aufgeschrien und hörte, wie mein Vater sich auf der anderen Seite davorsetzte, die Dielen knackten, dann schob er seine Füße über den Boden.

»Levi, es tut mir leid, dass ich vorhin so wütend auf dich war.«

Das war das Erste, was er sagte. Ich wusste nicht, was ich antworten sollte, und beschloss, dasselbe zu tun wie er.

»Tut mir leid wegen der Beerdigung.«

Es klang wie eine Frage. Er erwiderte nichts, und ich dachte schon, dass es nicht funktioniert hatte, bis er sagte, dass er das wisse. Was seltsam war, weil ich es ja gar nicht so gemeint hatte. Ich zog die Knie heran. Selbst als ich nach der Pathologie zurückgekommen war, hatte die Wohnung dunkel vor mir gelegen. Niemand war hier gewesen, und ich erinnerte mich daran, wie ich vom Flur aus in die Küche gesehen hatte. Das Fenster hatte weit offen gestanden. Der Wind war mir entgegengekommen und ich war eingeschlafen. Unter dem Bett, mit einem Messer in der Hand. Irgendwann in der Nacht hatte ich es im Schlaf losgelassen, war aufgewacht und mit dem Kopf gegen den Lattenrost über mir gestoßen, ich hatte mich umgedreht, war vor dem Bett liegen geblieben und hatte auf den Wecker, der danebenstand, gesehen. Es war nicht einmal eine Stunde vergangen. Erst danach hatte ich bemerkt, dass ich nicht nur einfach so wach geworden war, sondern von dem Geräusch eines Schlüssels, der sich in dem Schloss der Wohnungstür gedreht hatte. Ich hatte dieses Geräusch schon tausendmal gehört, ich konnte auch unterscheiden, wer davorstand, vor allem nachts. Anders als meine Mutter schaltete mein Vater das Licht im Treppenhaus nie an, sodass er jedes Mal zwei bis drei Versuche brauchte, bis er das Schloss getroffen hatte, bis dahin hörte es sich an wie ein Kratzen. Wenn er es dann getroffen hatte, verwechselte er oft die Klingel mit dem Lichtschalter. Als er die Wohnung betreten hatte, war ich aufgestanden, wie benommen, und ihm durch den hellen Flur in die dunkle Küche entgegengegangen. Seine Umrisse hatten im Licht des offenen

Kühlschranks, in den er hineingeschaut hatte, unheimlich ausgesehen. Als wäre auch er zu einem Geist geworden. Er hatte Orangensaft herausgeholt, einen Schluck getrunken, und bevor ich ein Wort hatte sagen können, hatte er mich entdeckt, stöhnend den Kopf in den Nacken gelegt und mich ins Bett geschickt. Jedes Mal wenn ich versucht hatte etwas zu sagen, hatte er mich unterbrochen.

»Papa?«

»Ja?«

»Nichts.«

Ich hörte wie er aufstand, seine Schritte entfernten sich, und die Sonne schob sich für wenige Sekunden zwischen die Wolken, Gelb mischte sich mit Grau und färbte die Fliesen, das Waschbecken und meine Hände, bevor sie wieder verschwand. Ich trocknete mich ab, zog mich an, klemmte die Pistole unter das Waschbecken und verließ das Badezimmer.

Ich sah ihn nicht an, als ich in die Küche kam, versuchte, mir so etwas wie einen teilnahmslosen Ausdruck ins Gesicht zu reiben, und betrachtete ihn aus den Augenwinkeln. Er wischte sich die Hände an einem Handtuch ab, das über seiner Schulter lag, warf Spaghetti in einen Topf kochendes Wasser, sodass sein Gesicht vom Dampf darüber zu verschwinden schien. Sein Hemd war offen, er trug keine Schuhe, auch keine Socken. Irgendwie sah er anders aus als vorher, fremder. Ich hatte ihn noch nie gefragt, wer er war, und auch jetzt tat ich es nicht. Ich starrte ihn einfach nur an. Solange ich keine Fragen stellte, war es so, als ob ich nichts gehört hätte. Solange ich keine Fragen stellte, konnte ich sogar so tun, als wären da gar keine. Alles würde so bleiben. Er würde bei mir bleiben. Es würde kein Ende und auch keinen Anfang geben. Mit schnellen Bewegungen zerschnitt er ein paar Tomaten und wollte wissen, ob ich die letzten Tage bei Vincent verbracht hatte. Dabei deutete er mit der Gabel in der Hand Richtung Decke. Ich setzte mich an den Tisch, er drehte sich um und ich schüttelte den Kopf, woraufhin er mich fragte, wo ich dann gewesen sei. Während ich darüber nachdachte, ob ich ihm dieselbe Frage stellen sollte, wiederholte er sich so laut, dass ich zusammenzuckte und fast selbst vergessen hätte, wo ich gesteckt hatte. Ich verriet ihm kein Wort, und das gefiel ihm nicht. Trotzdem sagte er nichts, stattdessen raffte er die dicht bedruckten Papiere, die achtlos auf dem Küchentisch verstreut lagen, zusammen, stapelte sie auf dem Kühlschrank. Vielleicht war es in unserer Familie wie bei Tigern, vielleicht war er in dieser Nacht in der Pathologie gewesen, vielleicht wollte meine Mutter ihn deswegen verlassen, vielleicht waren wir Tiere, die einander verließen, die nicht beieinanderblieben und getrennt durch die Welt gingen. Abseits der Straßen, er durch Frankreich und ich durch Tschechien, er durch den Ozean bis auf den nächsten Kontinent und ich durch Russland. Mit den Ohren knapp über den Wellen. So weit, dass die Spuren zwischen uns verschwanden, bis wir uns in ein paar

Jahren, vielleicht auch schon am nächsten Tag, nicht mehr wiedererkennen würden, und je weiter wir uns voneinander entfernten, desto mehr würden wir uns in Tiger verwandeln. Je schneller wir rannten, desto einfacher würde es werden, alleine durch die nächtlichen Städte zu streifen. Irgendwann, so stellte ich mir das vor, würden wir nicht einmal mehr die grellen Lichter der Autos erkennen, stattdessen würden wir sie für leuchtend gelbe Augen halten, keiner von uns würde sich daran erinnern, was sie einmal gewesen waren, gleichzeitig würden der Mond und die Sterne zu so was wie Landkarten werden. Und selbst wenn wir einander nicht vergessen würden, wenn letzte Erinnerungen bleiben würden, wären sie nur noch Geräusche, die so kurz aufblitzen würden wie Reflexionen der Sonne. Vielleicht gehörte keiner von uns zusammen. Weil wir nirgendwo hingehörten. Überall sein konnten. Die Tomaten, die er mit einem Messer in die Pfanne gab, zischten. Ich strich mit den Fingern über den Küchentisch, am liebsten hätte ich mich flach auf ihn draufgelegt und seine Kanten mit meinen Händen umschlossen, als würde ich auf einem Floß dahintreiben. Das war eine meiner ältesten Erinnerungen. Wenn ich nicht hatte einschlafen können oder die Schatten um meine Matratze immer größer geworden waren, hatte ich mir vorgestellt, ich würde auf einem Floß liegen. Einen Fluss entlangdriften und das vorbeiziehende Ufer beobachten. Das war wichtig, das Ufer. Manchmal hörte ich nur Insekten, in anderen Nächten sah ich Elefanten, die in der Dunkelheit badeten, sodass ihre Haut, selbst die Ohren, die Farbe des Schlamms annahmen.

Ich atmete tief ein und sah zu, wie mein Vater erst den Kühlschrank, dann die Regale über der Spüle durchsuchte, als stände er zum ersten Mal in dieser Küche. Vielleicht tat er das auch, und ich fragte mich, was er dachte, warum er nicht die Wahrheit gesagt hatte, wo er wirklich gewesen war und was ich gesehen hätte, wenn sich unsere Gedanken wie ein Film im Großformat auf den hohen Wänden und dem Boden, selbst auf unseren Gesichtern abgebildet hätten.

»Deckst du den Tisch?«

Er gab mir drei Teller, unschlüssig, was ich damit tun sollte, stellte ich zwei auf den Tisch und legte mir den dritten in den Schoß. Ich umklammerte ihn und, obwohl ich die Antwort schon kannte, fragte ich ihn, wer an der Tür geklingelt hatte. Er sagte es mir, dann wurde es wieder still, erst danach, als ich weitere Fragen stellte, begann er mir auszuweichen. Er tat das so geschickt, dass ich es nicht einmal gemerkt hätte, wenn ich die Antworten nicht schon gewusst hätte. Selbst als ich ihn nach der Leiche fragte, ließ er sich nichts anmerken. Er trocknete sich die Hände ab, warf das Handtuch auf die Stuhllehne und meinte, dass ich mich verhört haben musste. Obwohl wir im selben Zimmer standen, war es, als wären wir schon auf zwei unterschiedlichen Kontinenten und auch wenn er es war, der nicht ehrlich war, kam ich mir vor wie ein Verräter. Regen schlug gegen das Fenster. Der Himmel dahinter war grauer als vorher. Ich schaltete das Licht an, und er wurde noch dunkler. Die langen Äste der Bäume vor dem Fenster bogen sich im Wind, während sich in meinem Kopf ein Loch auszubreiten schien, in das jeder meiner Gedanken fiel. Trotzdem versuchte ich, mich auf wenigstens einen von ihnen zu konzentrieren.

»Es gefällt mir nicht, dass du so viel Zeit mit Vincent verbringst.«

»Du magst ihn nicht.«

»Ich kenne ihn nicht.«

»Und deswegen stört er dich?«

»Darum geht es nicht.«

»Mit wem soll ich denn Zeit verbringen? Mit dir?«

Das hatte ich gar nicht sagen wollen, als wäre der Gedanke ganz woanders als aus meinem Kopf gekommen. Ich verstand nicht, warum er gelogen hatte. Er knallte das Sieb in die Spüle, wir setzten uns. Immer wieder stach er mit der Gabel in die Spaghetti, die vor ihm auf dem Tisch standen, als könnte er nicht damit aufhören. Ich schob mir meine in den Mund. Je länger ich auf ihnen kaute, desto größer wurden sie, sodass ich nicht sprechen konnte. Ich spuckte sie auf den Teller zurück.

»Auch wenn ich keine Ahnung habe, wo du dich in den letzten Tagen rumgetrieben hast, werde ich das von jetzt an nicht länger akzeptieren, hast …«

»… du verstanden, was ich sage?«, beendete ich seinen Satz und starrte ihm in die Augen.

Lange, ohne dass sich einer von uns bewegte.

»Was …«

»… soll das?!«

»Hör …«

»… auf damit!«

»Ich sagte …«

»… Schluss jetzt!«

In demselben Ton, wie er es tat. Langsam und dunkel, ungeduldig und öde. Der Ausdruck in seinem Gesicht drehte sich so schnell wie der Wind, dann fuhr er sich mit der Hand über den Mund.

»Levi, ich …«

»… meine das ernst?«

»Das ist …«

»… kein Unsinn?«

Diese Wörter, Sätze und Fragen, die keine richtigen waren, hatte ich von ihm schon so oft gehört, dass ich jedes davon kannte, genauso wie ihre Reihenfolge. Abrupt stand er auf, so schnell, dass ich die Gabel fallen ließ, er kam auf mich zu, und bevor ich die Küche verlassen konnte, griff er nach meinem Handgelenk und schrie mich an. Irgendetwas, das ich nicht verstand. Ich brüllte zurück, wusste nicht einmal, was, nur dass es genauso laut war. Er fuhr herum, zerrte mich hoch, einer der Stühle kippte um und sein Ellbogen prallte gegen meine Stirn. Ich trat, unsicher, ob ich ihn oder das Tischbein getroffen hatte. Er war schneller als ich, auch stärker, Tränen ließen sein Gesicht und die Küche dahinter verschwimmen. Ich strengte mich an, sie zurückzuhalten, und er schlug gegen den Türrahmen, drängte mich die Wand entlang bis in den Flur und riss die Wohnungstür auf. Seine Augen, tief und glänzend, waren auf mich gerichtet, so eindringlich, dass ich zurückwich. Er stieß mir mit der Hand gegen den Rücken, dem Treppenhausgeländer entgegen und warf die Wohnungstür hinter mir zu. Dasselbe tat er mit der vom Badezimmer. Erst einen Absatz weiter oben bemerkte ich, dass meine Schuhe schon wieder fehlten.

KAPITEL 17

Diesen Ausdruck in seinem Gesicht hatte ich so noch nie zuvor gesehen. Ich fragte mich, woher ich dennoch, und ohne darüber nachzudenken, wusste, dass es tiefer Hass gewesen war, und dass alles, was ich vorher für Hass gehalten hatte, irgendetwas anderes gewesen sein musste. Dass es so schwierig war, ihn zu hassen, hatte ich mir bis zu diesem Moment nicht vorstellen können, und ich wollte das, was mich daran hinderte und was wie ein Parasit unbemerkt durch meine Haut und bis in meine Organe gekrochen war, aus mir herausschleudern. Irgendetwas stimmte nicht mit mir. Mir kam der Gedanke, dass noch viel mehr anders sein könnte, als ich bisher gedacht hatte. Noch immer konnte ich seine Worte hören, laut knurrend wie Tiere folgten sie mir.

Ich lief die Stufen hoch, immer zwei auf einmal, und legte meinen Finger auf Vincents Klingel, während ich mich an die Wand daneben lehnte. Niemand öffnete. Nachdem ich es noch einmal probiert hatte, lief ich nach oben und hörte eine Tür ins Schloss fallen, ich beugte mich über das Geländer, Vincents Hand und ein Teil seines Rückens waren zu sehen. Anders als ich es erwartet hatte, kam er nicht aus dem Erdgeschoss, sondern lief nach unten. Er war in seiner Wohnung gewesen. Erst wollte ich ihn rufen, dann entschied ich mich dagegen. Seine Schritte verlangsamten sich kurz, als er mich bemerkte, doch er blieb nicht stehen, stattdessen blickte er auf, als sei er der Einzige im Treppenhaus. Ein Augenlid war geschwollen, es hatte eine andere Farbe bekommen.

»Hallo«, sagte ich, und er sagte nichts.

Mit dem Handrücken wischte er sich einzelne Haarsträhnen aus den Augen, sie fielen ihm gleich darauf wieder ins Gesicht. Ich folgte ihm bis auf die Straße. Er schlug den Kragen seiner Jacke nach oben, schob die Hände in die Hosentaschen. Es war laut, als erstreckte sich am Ende ein Dschungel aus dichten Farnen. Ich musste mich anstrengen, um ihn einzuholen, fast rennen und wich dem Regen aus, der in schmalen Linien über den Asphalt unter die Stadt rann. Als ich nicht mehr konnte, stellte ich mich vor ihn. Erst da blieb er stehen, setzte sich seine Sonnenbrille auf, obwohl es regnete, und holte seine Zigaretten aus der Tasche. Mit der Hand abgeschirmt zündete er sich stumm eine davon an und zog daran, während ich nicht wusste, wo ich anfangen sollte. Bevor ich etwas sagen konnte, kam er mir zuvor.

»Levi, ich habe keine Zeit mehr, Geistern und Tigern hinterherzujagen, und du solltest auch damit aufhören.«

Ohne dass ich es wollte, dachte ich an den Dschungel. Selbst in den Pfützen, die sich vom Regen auf der

Straße gebildet hatten, reflektierten die Schattenrisse von Palmen, sah ich nach oben, waren nur Mauern, nicht einmal Bäume zu sehen. Irritiert senkte ich meinen Blick, dann wandte ich mich ab und schaute Vincent ins Gesicht.

»Aber heute Nachmittag hast du gesagt, dass ...«

»Ich weiß, aber jetzt ist es anders.«

»Aber wenn du ...«

»Levi, ich sage dir jetzt etwas wirklich Kluges, das mir jemand mal vor Jahren in einer ähnlichen Situation gesagt hat: Geh. Nach. Hause.«

Ich schluckte und wusste, dass ich das nicht konnte. Für einen Moment hätte ich schwören können, dass Vincent das bereits wusste und dass er damals, als er diesen Satz gesagt bekommen hatte, dasselbe gedacht hatte. Über seine Schulter hinweg zeigte er hinter sich, als hätte ich vergessen, wo ich wohne.

»Aber ich ...«

»Nein!«

Er schob sich an mir vorbei.

»Wo gehst du hin?«

»Weg. Und du gehst zurück.«

»Warum kann ich nicht mitkommen?«

»Weil du offenbar noch zu jung bist, um Geheimnisse für dich zu behalten, und deinem Vater erzählt hast, dass wir um Geld gespielt haben, obwohl ...«, seine Stimme schien anzuschwellen und sich über mich zu beugen, »... obwohl ich dir gesagt habe, dass du es für dich behalten sollst. Doch das hast du nicht.«

Ich biss mir auf die Lippen. Sie schmeckten nach Reue, obwohl ich nichts verraten hatte. Hatte ich nicht.

»Stattdessen hast du es ihm verraten und mich damit in noch mehr Schwierigkeiten gebracht, als ich …«

Er verstummte, blieb stehen und sah erschöpfter aus als vorher. Ich strich mir den Regen aus den Augen und sah über seinen Kopf hinweg, schließlich auf seine nassen Schuhe, weil ich nicht wusste, wo ich sonst hinschauen sollte. Mir wurde heiß, die Geräusche aus den Straßen wurden immer lauter, sie vermischten sich mit denen der Vögel, als ständen wir in den Tropen. Vincent zog die Augenbrauen hoch, dann holte er Luft, als wollte er noch etwas sagen, doch nichts passierte. Er schien es sich anders überlegt zu haben. Stattdessen sah er auf seine Uhr, schmiss die Zigarette weg und verschränkte stöhnend die Arme.

»Ich komme zu spät.«

Er legte den Kopf in den Nacken und drehte sich um, als wüsste er nicht, was er als Nächstes tun sollte, dann blickte er stirnrunzelnd auf meine dreckigen Füße, während der Regen stärker wurde.

»Dann komm eben mit …«, sagte er schließlich und ging weiter.

So schnell, dass ich mir nicht sicher war, ob er das wirklich gesagt hatte, woraufhin er sich umdrehte und rückwärts laufend mit ausgebreiteten Armen den Kopf schüttelte, »… jetzt beeil dich, bevor ich es mir anders überlege.«

KAPITEL 18

Im Auto setzte ich mich auf die Rückbank statt nach vorne, lehnte mich mit den Armen auf die Ablage des Kofferraums und sah auf die Straße dahinter. Die hell leuchtenden Scheinwerfer der Autos blendeten mich. Einer der Scheibenwischer blieb hängen, die Stadt dahinter war kaum zu erkennen. Es war stickig, doch es regnete zu sehr, um ein Fenster zu öffnen. Alles was ich sah, waren die dunklen Konturen der Gebäude, die sich vor einem Riff aus grauen Wolken abhoben. Wie Tiere, die uns auflauerten, die gelb erleuchteten Fenster in den oberen Etagen waren ihre Augen. Tief unter ihnen fuhren wir entlang, manchmal konnte ich Abschnitte des Flusses sehen. Vincent schaltete das Radio an und klopfte mit den Fingern auf das Lenkrad.

»93 ’Til Infinity. Da warst du noch nicht einmal geboren. Weißt du, wer das geschrieben hat?«

Ich wusste es nicht.

»*Souls of Mischief.*«

»Als ich so alt war wie du, habe ich die ununterbrochen gehört, Tage, wenn nicht sogar Wochen, so lange, bis mein Vater die Stereoanlage aus dem Fenster geschmissen hat. Ich glaube, ich habe sogar noch eine Kassette von denen.«

Ich fragte Vincent, wo sie herkamen, er antwortete, aus Kalifornien, und erzählte mir von San Francisco, den *Fugees* und Filmen, die ich nicht kannte. Ich erzählte ihm, dass die Polizei bei uns gewesen war.

»Wegen der gefundenen Leiche?«, unterbrach er mich, noch bevor ich den Satz beendet hatte.

Unsere Blicke trafen sich im Rückspiegel, er beugte sich rüber zum Beifahrersitz und warf mir einen Teil der darauf liegenden Zeitung zu. Es fiel mir schwer, mich auf die Zeilen zu konzentrieren, überhaupt erst einmal die richtigen zu finden.

»Rechts unten«, hörte ich Vincent sagen, und da stand es.

Jeder außer mir schien es schon zu wissen. Die verschwundene Leiche aus der Pathologie war gefunden worden. Nur verbrannt, in einem ebenso zerstörten Transporter, am Rand der Stadt. Einzelne Organe hatten ihr gefehlt. Welche es waren, stand da nicht. Vielleicht wusste es auch keiner und ich dachte darüber nach, welche ihrer Organe ich in der Pathologie gesehen hatte. Vincent hielt in einer Straße, die ich nicht kannte, er schaltete das Radio aus, und bevor ich die Tür berührt hatte, sagte er, dass er in fünf Minuten wieder da sei, und wies mich an, im Auto sitzen zu bleiben. Ich blickte ihm nach, während er durch den Regen ging, auf der anderen Straßenseite an der Tür eines heruntergekommenen Altbaus klingelte und im Haus verschwand. Auf dem Beifahrersitz hatte er zwischen den Seiten der auseinandergefalteten Zeitung, leeren Flaschen, Stiften und einer Bibel seine Zigaretten liegen lassen. Ich nahm mir eine von ihnen, schob sie mir, ohne sie anzuzünden, zwischen die Lippen und blätterte willkürlich durch die Bibel, bevor ich sie zurück nach vorne warf. Mit ausgestreckten Armen lehnte ich mich gegen den Rücksitz und beobachtete die Straße. So tief es ging, klemmte ich meine Finger zwischen die Bezüge der rauen Sitze, Dreck steckte in ihren Nähten und der Regen prasselte schräg gegen die Fensterscheiben. Es hörte sich fast so an wie im Zelt, viel zu nah an der Wirklichkeit. Als Vincent wiederkam, brachte er Cola und Pizza mit. Seine Haare waren nass. Ich ließ die Zigarette fallen und setzte mich nach vorne, während Vincent die Pizza mit einem Taschenmesser zerschnitt und mich fragte, was die Polizisten gesagt hatten. Ich antwortete, dass ich es nicht wisse. Nicht weil ich es ihm nicht sagen wollte, sondern weil ich nachdenken musste. Jedes Wort, das mein Vater ihnen geantwortet hatte, erschien in Großbuchstaben zwischen dem Regen vor mir auf der Frontscheibe. So als wäre es darauf geschrieben worden. Ich wusste nicht, ob ich ohne meinen Vater leben konnte, auch wenn er meine Mutter getötet hatte. Obwohl ich ihn nicht mochte, jedenfalls nicht so richtig, konnte ich mir nicht vorstellen, wie es ohne ihn wäre, ich wusste nicht, wie, als wenn das etwas war, das sich niemand vorher überlegen konnte, etwas, das man erst verstand, wenn es passierte. Während ich auf der Pizza kaute, versuchte ich, mich an die Pathologie zu erinnern, und fragte mich, ob ich ihn nicht vielleicht doch gesehen und es nur vergessen hatte. Seltsame Erinnerungen sammelten sich in meinem Mund, sie kamen von überall, rannen zwischen meine Zähne, legten sich auf meine Zunge, wie bitter Erbrochenes, das sich gegen meine Lippen drängte, etwas, das man, um es loszuwerden, nur ausspucken brauchte, und ich schloss die Augen und schluckte. So lange, bis das Einzige, was ich noch sah, der leere Pizzakarton auf meinen Knien war. Das Messer hatte Kerben darin hinterlassen, die wie eine Fußnote aussahen. Manche Tiger töteten selbst ihre Jungen.

Im Radio wurden für die nächsten Tage noch höhere Temperaturen vorausgesagt. Irgendwann hielt Vincent wieder an, auch diesmal blieb ich im Auto sitzen. Müde folgte ich mit den Fingern den Tropfen, die neben mir über das Fenster liefen, dann ließ ich es herunter, streckte meinen Kopf nach draußen und blickte dem Regen entgegen. Ich wollte woandershin. Ich wollte erwachsen werden, genauso wie Vincent, aber ich wusste, dass das noch ziemlich lange dauern würde. Es hatte schon unendlich lange gedauert, elf Jahre alt zu werden. Deswegen wusste ich, dass es sich noch länger hinziehen würde, erwachsen zu werden. Der Regen lief mir in die Augen, ich stieg über die Handbremse hinter das Lenkrad, tat so, als würde ich einen unsichtbaren

Schlüssel im Zündschloss drehen, und stellte mir vor, wie es wäre, die Stadt zu verlassen, durch die Wüste zu fahren, und konnte es nicht länger im Auto aushalten. Während ich durch den Regen lief, kickte ich einen Stein vor mir her, immer wieder holte ich ihn zurück, wenn er auf der Straße landete, und hob ihn schließlich auf, um ihn auf die Autos zu werfen. Wie Erinnerungen. Still blieb er auf einer der Motorhauben liegen. Ich suchte einen weiteren. Er roch nach Algen, und ich sah ihm zu, wie er durch die Luft zog. Genauso fühlte es sich seit Tagen an. Wie die Sekunde, bevor er aufschlagen würde. Die Sekunde, als er noch flog und ich nicht nur wusste, was passieren würde, sondern auch, dass da keine Zeit mehr war, um ihn abzufangen oder woanders hinzulenken. Ich konnte nur zusehen. Die Windschutzscheibe, auf der er aufschlug, sah danach aus wie eine Supernova und mit jedem weiteren Stein fühlte ich mich ein bisschen besser. Ich konnte nicht damit aufhören. Und hätte ich auch nicht, wenn nach dem siebten oder achten nicht jemand aus einem der Autos gestiegen wäre.

KAPITEL 19

Ich sah ihn mir entgegenkommen, dachte nicht einmal irgendetwas, ich rannte so schnell ich konnte und landete am Ende einer Straße. Der Mann, der mir gefolgt war, starrte mich an und ich tat dasselbe. Misstrauisch und ein bisschen gefährlich. Dann kam er näher, während ich darüber nachdachte, wer von uns schneller war, holte er irgendetwas aus seiner Hosentasche und warf es zu mir. Es war ein Polizeiausweis. Er sah gar nicht so aus. »Jan Tiemann« stand darauf. Das war sein Name. Anders als ich es erwartet hatte, schrie er mich nicht an. Sekunden später und ohne dass ich es verstand, fuhren wir durch den Regen. Von innen sah die Windschutzscheibe nicht mehr aus wie eine Supernova. Ich musste an Kolja denken, der mir gesagt hatte, dass die beste Tarnung eines Verbrechers die eines Polizisten war.

»Pass auf …«, fing er an und ich dachte, bleib ruhig, atmen, nicht schreien und bloß nichts Falsches sagen. Bloß nichts Falsches fragen.

»… wir fahren jetzt erst einmal aufs Revier.«

Das Funkgerät knackte, während er das sagte, und

ich wollte etwas erwidern, irgendetwas, stattdessen starrte ich stumm an ihm vorbei und betrachtete in dem schmalen Rechteck des Rückspiegels das Einzige, was ich kannte. Ein matter Striemen verlief durch mein Gesicht, seine rote Farbe ließ mich hart aussehen. Härter, als ich war, meine Haare waren nass, ich wandte mich ab, sah aus dem Fenster und drückte mit meinen Fingernägeln schmale Monde in meine Handgelenke.

Draußen wurde der Wind stärker, der Himmel hatte seine Farbe mittlerweile völlig verloren. Als wir ankamen, musste ich so lange warten, bis Tiemann ausgestiegen war und mir die Tür geöffnet hatte. »Damit niemand entwischt«, bemerkte er, während ich vom Rücksitz rutschte. Er lächelte, ich nicht. Der Korridor, den wir entlangliefen, wirkte wie eine der weißen Lücken zwischen den Gesetzestexten, die ich aus den Büchern meines Vaters kannte, dazwischen eine Reihe leerer Stühle, wie Kommata, die jemand versehentlich gesetzt hatte. In einem der Räume, an denen wir vorbeigingen, stand ein Tisch mit sechs oder sieben Bildschirmen. Darauf konnte ich die Straße und die Einfahrt sehen, auf der wir hergefahren waren. Ich wurde in eins der hinteren Zimmer gesetzt, ein Tisch, ein Stuhl, mehr nicht. Tiemann räusperte sich, und mir wurde wieder schlecht. Als Erstes wollte er meinen Namen wissen und je weniger ich sagte, desto mehr Fragen kamen mir entgegen, deren Antworten ich selbst nicht kannte. Er wollte nicht nur wissen, wie ich hieß und wo ich wohnte,

Hausnummer, Stockwerk, Straße, sondern auch warum ich das getan hatte und ob es das erste Mal gewesen war. Ich dachte an meinen Vater und zuckte mit den Schultern, während ich zuhörte, was er noch wissen wollte. Doch er wiederholte nur seine Frage, als wäre da keine andere. Ich beugte mich vor und sah aus dem Fenster, dann auf mein aufgeschlagenes Knie, wollte mit Nein antworten, dann mit Ja und konnte mich nicht entscheiden. Vincents Stimme nachahmend forderte ich einen Anruf. Tiemann blickte auf.

»Mit wem willst du denn telefonieren?«

»Das steht jedem Angeklagten zu«, antwortete ich, ohne seine Frage zu beantworten.

»Du bist aber nicht angeklagt.«

Danach sagte er nichts mehr, stattdessen schrieb er irgendetwas auf. Nicht nur einen Satz, sondern mehrere. Ich wusste nicht, ob das gut oder schlecht war. Ein Telefon bekam ich auch nicht. Ebenso wenig wagte ich es, noch einmal danach zu fragen, stattdessen strengte ich mich an, so leise wie möglich zu atmen, und blieb auf dem Stuhl sitzen. Er rief meinen Vater an und ich wünschte, das Netz der gesamten Stadt würde ausfallen. Stattdessen fingen sie an, miteinander zu reden. Ich hörte nicht hin, brauchte etwas zum Festhalten, etwas, was sich nicht so einfach auflöste, und klaute, während Tiemann sich für eine Sekunde abwandte, einen Stift von seinem Schreibtisch. Rot mit blauer Schrift. Als ich, nachdem er aufgelegt hatte, wissen wollte, was mein Vater gesagt hatte, antwortete er mir nicht. Ich merkte, wie erschöpft ich war. Die Zeit schien hier langsamer als draußen zu vergehen. Mit so etwas wie Schluckauf darin. Alles, was passierte, geschah nicht nur einmal, sondern gleich darauf noch ein zweites Mal. Da waren Papier, doppelt getackert, zwei Telefone auf dem Tisch, daneben Pflanzen, auf jeder Seite eine. Mir wurde schwindelig. Tiemann stand auf, streckte sich und verließ das Zimmer, er kam mit zwei Gläsern zurück, randvoll gefüllt.

Ich lehnte mich gegen die Tischkante, um nicht vom Stuhl zu fallen. Wenn jemand starb, dann war das nicht das Ende. Es war anders, als alle dachten, denn auch wenn meine Mutter nicht mehr da war, schlich sie dennoch durch meine Knochen und selbst wenn ich die Urne vom Dach geschmissen hätte, wäre das nicht das Ende gewesen. Da war kein Ende. Niemals. Nicht solange ich an sie dachte und ich ahnte, dass das erst aufhören würde, wenn ich selbst sterben würde. Und irgendwie war das auch nicht das Ende, weil ich selbst zu einer Erinnerung in irgendeinem anderen Kopf, vielleicht sogar in ganz vielen, werden würde. Und selbst wenn die starben, würde vielleicht noch irgendetwas übrig bleiben, und so würde es immer weitergehen, so lange, bis niemand mehr an mich dachte. Erst das war das Ende. Das war die vierte Lektion, die ich über den Tod lernte.

KAPITEL 20

Wir warteten. Obwohl Tiemann noch immer im Raum war und ich ununterbrochen Schritte auf dem Flur hörte, war es, als säße ich hier alleine. Dann hob er den Kopf, ich folgte seinem Blick und obwohl ich zunächst nicht sah, wer hereingekommen war, wusste ich es schon.

»Herr Naquin.«

Das sagte er nicht zu mir, sondern zu meinem Vater. Ich versuchte, seinen Augen auszuweichen, sah versehentlich hinein und glaubte, das würde einen Kurzschluss verursachen. Es gab keinen. Nicht einmal das Licht der Neonröhren über unseren Köpfen begann zu flimmern. Als Erstes schaute er auf meine Füße. Schwarze Linien aus Dreck klemmten unter meinen Zehennägeln, die Haut darum mit Erde überzogen. Ich hatte mich schon daran gewöhnt, dennoch spuckte ich mir in die Hände und strich meine Haare nach hinten, woraufhin er sich abwandte und den Kopf schüttelte. In dem Türrahmen mit dem grellweißen Gang dahinter wirkte er noch größer. Tiemann schickte mich aus dem Zimmer, widerwillig lehnte ich mich im Gang mit dem Rücken gegen die Wand und versuchte, mir meinen Vater dabei vorzustellen, wie er eine Leiche verbrannte. Ich erinnerte mich an Kolja, der gesagt hatte, dass die meisten Mordmotive sehr einfach waren, manchmal so einfach, dass deswegen niemand darauf kam.

»Was tust du hier?«

Nachdem ich aufgeblickt hatte, sah ich einen Mann wenige Meter neben mir auf einem der Plastikstühle sitzen. Sein kariertes Hemd ließ mich wieder an Kolja denken, aber er war nicht so alt, auch nicht so wie Vincent, irgendetwas dazwischen, als hätte er das Gesicht eines alten Mannes auf einem jüngeren Körper, erst jetzt entdeckte ich die Handschellen an seinen Gelenken.

»Na, sag schon, was tust du hier?«

»Dasselbe wie du.«

»Bewaffneter Überfall?«

Ich nickte langsam, verschränkte die Arme ineinander und lief langsam den Gang hinunter. An seinem Ende angekommen, kehrte ich um, lief so lange hin und her, bis mein Vater erschien. Er schob mich vor sich her, redete leise und blickte sich dabei um. Sekunden später standen wir draußen. Es hatte immer noch nicht aufgehört zu regnen.

»Was passiert jetzt?«

»Sei still und steig ins Auto.«

»Die Tür ist zu.«

Über das Auto hinweg sah er mich mit einem Blick an, dem nichts hinzuzufügen war. Ich legte den Kopf in den Nacken, während er in seinen Hosentaschen nach dem Schlüssel suchte. Einzelne Steine drängten sich zwischen meine Zehen. Er fluchte, dann hatte er ihn gefunden, stieg ein und lehnte sich über den Beifahrersitz, um mir die Tür zu öffnen. Aus dem Inneren kam mir heiße Luft entgegen. Er steckte den Schlüssel ins Zündschloss, ohne ihn umzudrehen. Er sah mich auch nicht an, stattdessen legte er beide Hände auf das Lenkrad und lehnte seine Stirn dagegen.

»Nimm dir einen Toast aus der Tüte und schmier den Dreck nicht auf die Sitze.«

»Ich habe keinen Hunger.«

»Ist mir egal.«

»Schnall dich an!«

Mit den Fingerspitzen zog ich einen Toast aus der transparenten Plastiktüte, schob ihn zwischen meine Zähne und lehnte mich gegen den Gurt. Er fuhr los und wir starrten beide nach vorne, während ich mir noch einen Toast in den Mund stopfte, damit ich nichts Falsches sagte. Reden war einfach. Alles, was ich dazu tun musste, war, ein Wort an das andere zu setzen. Eins nach dem anderen. Alles, was ich tun musste, war anzufangen, aber selbst wenn ich erst elf Jahre alt war, wusste ich, dass es Fragen gab, die anders waren als andere, gefährlicher, denn sobald sie nicht länger ein Teil meiner Gedanken waren und ich sie aussprechen würde, wäre es unmöglich, sie zurückzuholen. Die

Dinge würden sich verändern. Alle miteinander. Schon wieder. Dasselbe schien mein Vater auch zu denken, sodass wir still nebeneinander saßen, um dann gleichzeitig den ersten Satz zu sagen.

»Warum hast du das getan? Denkst du nicht nach?«

»Und wieso lügst du mich an?«

Die Ampel vor uns wechselte ihre Farbe und er bremste. Solange wir schwiegen, war das Geräusch der Scheibenwischer das Einzige, was wir hörten.

»Du hast vier Autos beschädigt. Vier! Nicht eins oder zwei, nein vier! Und wieso hast du mich vor dem Kiosk belogen? Dachtest du, ich wüsste nicht, dass du und Viktor …«

»Vincent.«

»Was?«

»Er heißt Vincent!«

»… dass ihr beide gepokert habt.«

»Woher weißt du das?«

»Das geht dich gar nichts an. Warum hast du mir nicht die Wahrheit gesagt?«

»Das tust du doch auch nicht.«

Für einen Moment wandte er den Blick von der Straße ab und sah mich an, mit gerunzelter Stirn, dann konzentrierte er sich wieder auf das rote Licht, es spiegelte sich in seinem Gesicht. Zuerst dachte ich, er würde gar nichts sagen, ich sah zu ihm herüber, aber nur aus den Augenwinkeln. Erwachsene dachten über alles sehr lange nach und während sie das taten, drehten sie jeden ihrer Gedanken wie einen Ball in der

Hand. Vorsichtig, denn wenn er ihnen aus den Fingern fiel, mussten sie noch einmal von vorne anfangen und alles, was sie sich bis dahin überlegt hatten, ging verloren. Er streckte seine Finger weit auseinander, ballte sie zu Fäusten zusammen, hustete und sagte meinen Namen, in einem Ton, den ich hasste. Als wenn ich nicht mehr dazugehörte.

»Levi …«

»Aber …«

»Lass mich ausreden!«

»Du unterbrichst mich doch auch ständig und redest mit mir als …«

»Dir gefällt nicht, wie ich mit dir rede?«

»Nein!«

Die Ampel, vor der wir standen, wurde grün, ich starrte auf den runden Platz dahinter, drei parallel zueinander laufende Spuren verliefen wie in einem Kreisverkehr, in seiner Mitte war ein breiter Springbrunnen, rund mit zwei Wasserfontänen, die so hoch Richtung Himmel schossen, dass ich mich vorbeugen musste, um ihr Ende sehen zu können. Mit einem Ruck schaltete mein Vater in den zweiten Gang.

»Wie soll ich denn mit dir reden?«

Ich starrte auf die nasse Straße. Er schlug auf das Lenkrad, wandte sich für eine Sekunde von der Straße ab und sah mich an. Anstatt auf der gegenüberliegenden Seite des Brunnens der Straße zu folgen, zog er im letzten Moment mit einer schnellen Bewegung von der äußersten Spur auf die in der Mitte. Irgendwer hinter uns hupte, sodass er abrupt herumfuhr, den Blick abgewendet von der Straße. Seine Stimme schlug gegen die Heckscheibe.

»Wie nah will der mir noch auffahren?! Kannst du mich nicht sehen? Bist du blind oder was? Und hör auf zu hupen!«

»Du tust es schon wieder.«

»Spinnt der oder was?«

Er schaute in den Rückspiegel, beschleunigte und fuhr eine weitere Runde.

»Er kann dich nicht hören!«

»Was?!«

»Ich bin der Einzige, der dich hört. Hör auf zu schreien!«

»Ich schreie nicht!«

»Du schreist wie ein Idiot!«

»Soll ich dir verraten, was idiotisch ist?«

»Nein!«

»Idiotisch ist, dass ich tun kann, was ich will, und es dennoch nicht genug ist. Es ist niemals genug, aber verschwinde ich deswegen? Lasse ich dich alleine in dieser Stadt sitzen? Nein, ich bleibe hier und suche dich, das ist idiotisch. Ich suche dich und dann? Um dich letztendlich bei der Polizei abzuholen, das ist idiotisch. Und bekomm ich eine Pause davon? Nein. Nicht einmal einen Tag. Weil du dir bereits irgendeinen neuen Unsinn ausgedacht hast, der alles noch viel komplizierter macht. Was kommt denn morgen? Wo werde ich dich dann abholen müssen? In einem anderen Land? Vielleicht könntest du dich einfach mal zusammenreißen.«

Seine Stimme war so klar, ein Teil von mir konnte nicht genug davon bekommen, dem ging es viel zu langsam und er wollte nach jedem Wort greifen. Der andere Teil hasste das, was er sagte.

»Und noch etwas: Ich werde deine Mutter beerdigen. Mit oder ohne dich, das kannst du dir jetzt überlegen, ich brauche dich nicht dafür.«

Ich warf ihm den Toast ins Gesicht.

»Heb den auf!«

Ich tat es nicht. Als ich den Gurt löste, versuchte er mich festzuhalten.

»Was tust du da?! Wir halten hier nicht an!«

»Du hättest mich nicht abholen brauchen, ich will auch nicht wissen, was du denkst, nichts davon. Ich will nur meine Schlüssel.«

Suchend blickte ich auf die Armatur und in die Fächer zwischen und neben uns. »Und diese Taschenlampe, mehr brauche ich nicht. Halt sofort an!«

»Heb den verdammten Toast auf!«

Das war das Einzige, was er sagte, während er von der mittleren auf die innerste Spur wechselte und die Geschwindigkeit ununterbrochen erhöhte. Wind kam auf und ließ das Wasser der Fontänen wie Nieselregen durch das offene Fenster ziehen. Ich nahm den Toast, zerriss ihn und verteilte ihn über die Sitze, das Armaturenbrett, seine Beine, den Rest schmiss ich nach hinten auf die Rückbank. Dasselbe tat ich mit den anderen aus der Plastiktüte. Als sie leer war, schmiss ich sie auch noch hinterher, während er mich anbrüllte. Wir rotierten zum siebten oder achten Mal um den Brunnen. Irgendwann, das war schon lange her, waren wir eins gewesen. Ich griff ans Steuer und riss es zu mir herüber. Kaum hatte ich es berührt, brach das Heck aus und schredderte von innen nach außen über alle drei Spuren. Für einen Augenblick konnte ich sein Gesicht erkennen. So wie jetzt hatte er noch nie ausgesehen. Wie ein Tier, erst als ich meine Augen zusammenkniff, ähnelte er wieder meinem Vater. Ich hasste diesen Tag, ich hasste diese Woche, genauso wie die davor, ich hasste ihn, ich hasste, wie er mich anschaute, ich hasste sogar, wie sich seine Stimme anhörte. Ein tiefer Laut, als würde sich ein Speer durch die Haut eines Elefanten bohren, bis auf die Knochen. Ich biss ihm in den Arm, so stark, dass er mich losließ. Es roch verbrannt, dann kippte das Steuer zur anderen Seite, sodass ich gegen das Fenster geschleudert wurde.

Wir blieben gegen die Fahrtrichtung stehen, ich konnte den Regen auf der Frontscheibe sehen, meine Hände zitterten. Wir schwiegen. Sahen einander nicht an. Mir wurde schlecht, ich trat gegen die Tür, stieß sie auf, verhedderte mich im Gurt und versuchte, ihn zu lösen. Auch die anderen Autos waren auf den Spuren neben uns stehen geblieben, ich rannte zwischen ihnen entlang in die nächste Straße und zögerte erst, als ich die Stimme meines Vaters hinter mir hörte. Genauso wie ich war er ausgestiegen, stand, die Arme über dem Kopf verschränkt, neben dem Auto. Ich bewegte mich abseits der Straßen, damit er nicht hinter mir herfahren konnte, und die Dinge, die ich gerne gesagt hätte, liefen wie Ratten nebenher, schließlich ließen sie mich alleine und verschwanden in den schmalen Schächten der Abwasserkanäle. Ich wusste nicht, wohin ich sollte. Der Wind war das Einzige, was mir bekannt vorkam. Er zog durch die Äste und riss die Blätter auseinander. Irgendwann regnete es so stark, dass nichts anderes mehr zu hören war, ich blieb stehen und ließ mir das Wasser über das Gesicht rinnen, bis mir die Haare an der Haut klebten. Noch mehr und ich würde ertrinken. Es regnete überall, über den Dächern und Straßen, auch über diese Stadt hinaus in den anderen, auf allen Kontinenten, selbst da, wo es jetzt Nacht oder früher Morgen war. Ich lief weiter, dicht über mir ein Gewitter. Es folgte mir, als wäre es geschickt worden, um mich zu finden. Ich tat so, als würde ich die Blitze nicht sehen, zog die Schultern hoch, biss die Zähne zusammen und widerstand dem Gedanken, stehen zu bleiben. So lange, bis ich den warmen Asphalt unter meinen Füßen wieder spürte und der Straßenlärm zurück in meine Ohren kehrte. Die Hände auf die Knie gestützt und nach Luft ringend, legte ich meinen Kopf in den Nacken. Ich wusste nicht, wo ich war. Hatte keine der Straßen bisher gesehen und drehte mich um, flüsterte ihre Namen, bis ich selbst vergessen hatte, woher ich gekommen war.

Nicht weit von mir entfernt schlug die Plane eines Baugerüstes immer wieder gegen die einzelnen Metallstreben, ich stieg die Leiter dazwischen nach oben und ging über die nassen Holzplanken, im vierten Stock hielt ich inne, der Wind war so stark, dass das Gerüst wackelte. Ich lief weiter bis zur vorletzten Ebene. Über mir war die letzte Planke, daneben die Regenrinne. Ich legte mich auf den Rücken, streckte die Arme aus, so weit ich konnte, bis mir der Gedanke kam, dass jemand von unten nach ihnen greifen und mich herunterziehen könnte, sodass ich sie abrupt zurückzog, eng an meinen Körper heran, während Blitze über mir entlangzogen. Weiß und schwarz. Die Welt hatte ihre Farbe verloren. Es war noch gar nicht so lange her, dass ich geglaubt hatte, dass Blitze ähnlich wie Regen oder Schnee auf den Asphalt fallen würden. Nach jedem Gewitter war ich rausgegangen, um sie zu suchen. Ich fing an, die Sekunden zwischen Blitz und Donner zu zählen, und schrieb das Ergebnis mit dem Zeigefinger auf die Planke. Erst kam ich nur bis zwei, sieben, dann bis zehn, elf, siebzehn, das Gerüst, auf dem ich lag, war nicht länger aus Metall, es wurde zu etwas anderem.

KAPITEL 21

Zu einem der größten Bäume. Er versank, sodass selbst die Panther mit angelegten Ohren an mir vorbei bis in die Baumkronen kletterten. Ich sah ihnen hinterher, verlor das Gleichgewicht und fiel ins Wasser. Wellen aus nassem Seegras und Schreck schlugen neben mir gegen die Stämme, silberne Gespensterfische und Laute schlitterten über die Äste. Da waren Geräusche, die ich noch nie zuvor gehört hatte. Einzelne Sonnenstrahlen durchschnitten das Blau, bevor sie ebenfalls in der Dunkelheit verschwanden. Algen drifteten durch das Wasser, drehten ihre Köpfe. Seepferdchen, getarnt als Pflanzen, die sich gegen meinen Brustkorb drängten. Ich schnappte nach Luft und wollte einatmen, doch nur Wasser strömte mir in den Mund und in die Augen. Das Einzige, was ich sah, war ein glattschwarzes Nichts durchzogen von riesigen Haien, denen stumm dahingleitende Mantarochen folgten. Als ich meine Hand nach ihnen ausstreckte, konnte ich sie berühren. Ihre Haut war glatt, kühl und fest, ganz ohne Dreck. Irgendwann wurden auch sie vom Meer verschluckt. Die Wasseroberfläche sah ich nicht.

Es war kalt und rauschte in meinen Ohren, ich hörte ein Donnern, als würden sich die Kontinentalplatten ineinander verkeilen. Danach kamen die Quallen mit langen leuchtenden Fäden unter ihren transparenten Schädeln, Krustentiere mit roten Tentakeln, dunkel schimmernde Algenreste und absinkende Kadaver von oben. Vielleicht war ich einer von ihnen, wenn nicht, würde ich noch sterben. Zusammen sackten wir tiefer nach unten Richtung Meeresgrund, einem träge blinzelnden Auge entgegen, das mitten im dunklen Ozean zu hängen schien. Es war blau. Ich musste erst ganz nah heran, um zu begreifen, dass ich gegen einen Wal getrieben war. Seine Haut war grau und hatte weiße Flecken, sie war übersät mit tiefen Narben und abgebrochenen Muscheln. Eine Stadt aus Blutbahnen und Flossen. Er begann eine davon zu bewegen, sodass wir mehr als zwanzig Meter lautlos über den wüstenähnlichen Meeresgrund und einen Krater hinwegzogen. Da, wo kein Licht mehr hinkam. Dann stiegen wir immer höher, ich wusste es, ohne dass ich es sehen konnte. Die ersten Lichtstrahlen sickerten zu uns hinunter, während wir ihnen entgegenkamen, immer schneller. Aus irgendeinem Grund wollte ich noch einmal Luft holen, bevor wir auftauchten, als hätte ich vergessen, wo ich hingehörte, und bevor ich die Augen schließen konnte, sah ich den Mond. Eine Sekunde später schlugen wir auf die Wasseroberfläche.

KAPITEL 22

Als ich aufwachte, lag ich da wie etwas, das an den Strand gespült worden war. Es roch nach Schlaf. Mein Kopf tat weh, ich hatte meinen Arm um eine der Streben des Baugerüstes gewickelt. Immer wieder hatten mich die Geräusche der Stadt geweckt, aber nur kurz, sodass ich mir nicht sicher war, ob das überhaupt passiert war. Ich war so müde, dass ich mich nicht bewegen konnte, und dachte daran, meine Augen geschlossen zu halten, um kein Teil der Wirklichkeit zu werden. Ich hatte Durst, die Spucke reichte nicht. Es war dunkel geworden, ich dachte an die Streitereien, die hinter den Fenstern dieser Stadt geführt wurden, und drehte mich auf den Rücken. Außer dem Regen war nichts mehr zu hören. Es war August und gleichzeitig die kälteste Nacht des Novembers. Meine Augenwinkel waren verkrustet, genauso wie meine Nasenlöcher. Ich rieb mir übers Gesicht und betrachtete für einige Sekunden die Sekrete, die an meinen Händen hängen blieben. Gelb und dunkelrot, sie lösten sich zwischen meinen Fingerkuppen auf. Ich robbte bis zur Kante und sah nach unten in den schwarzen Schlund der Baustelle. Zäune, umwickelt mit weißem Plastik, grenzten sie ab, es knisterte lauernd im Wind. Die Autos schienen mit jedem Blinzeln ihre Form zu verändern, es sah aus, als würden sie durch die Straßen schwimmen, ich mochte das Geräusch, das sie dabei machten, das Licht ihrer Scheinwerfer wurde vom Regen gebrochen, sodass ich dachte, es würden schwarz schimmernde Vögel tot auf dem Asphalt liegen.

Kaum hatten meine Füße den Boden berührt, kam mir die Nacht viel dunkler vor. Immer wieder blieb ich stehen, hielt den Atem an, drehte mich um und glaubte etwas zu hören. Kein richtiges Geräusch, etwas anderes, doch obwohl sich das gelbe Licht verwässert auf dem schwarzen Asphalt spiegelte, gelang es mir nicht, die Schatten von den Fassaden zu unterscheiden. Sie wurden dasselbe. Noch nie zuvor war mir diese Stadt so groß vorgekommen. Jedes Mal wenn ich glaubte, eine Straße wiederzuerkennen, war die dahinter wieder fremd. Der Asphalt unter meinen Füßen wurde immer kälter, ich rieb meine Zehen wie Finger aneinander und wich den Scherben aus, die überall lagen. Mit jedem weiteren Schritt bekam ich das Gefühl, irgendjemand würde hinter mir stehen, mit geballten Fäusten fuhr ich herum, erst in die eine, dann in die andere Richtung, verschluckte mich fast an meiner eigenen Atmung. Wieder und wieder drehte ich mich auf der Straße stehend um meine eigene Achse. Ich hörte auch nicht damit auf, als mir schwindelig wurde, und bewegte mich immer schneller, um schließlich abrupt stehen zu bleiben, sodass sich statt mir die Straße zu drehen begann. Zum ersten Mal in meinem Leben verstand ich die Bedeutung des Wortes »allein«. Ich hatte es schon oft gesagt, aber es nie richtig begriffen. So alleine wie jetzt war ich vorher noch nie gewesen. Ich wusste, dass ich nicht hierbleiben konnte, konnte ich nicht. An der nächsten Ecke erreichte ich eine vierspurige Straße, dicht bedeckt mit fremden Gesichtern, so viele, dass ich mich auf kein einzelnes konzentrieren konnte, es war auch lauter als in der Straße davor, und trotzdem fand ich sie unheimlicher. Vor dem Eingang eines Kinos warteten verschiedene Gruppen, einige Leute gingen hinein, andere winkten Taxis heran und setzten sich zu dritt oder zu viert auf die Rückbank. Kaum hatte ich eins von ihnen erreicht, schwenkte es hupend auf die Straße, sodass ich ausweichen musste. Fast wäre ich in den Bus dahinter hineingelaufen, seine Lichter blendeten. Ich taumelte zurück, zwischen meinen Fingern, die ich mir über die Augen gelegt hatte, sah ich, wie er an mir vorbei und auf die Haltestelle kurz vor der Kreuzung zufuhr. So schnell ich konnte, rannte ich hinterher, die Türen klemmten, mit den Händen gegen seine Seite schlagend lief ich weiter nach vorne, bis ich den Fahrer sehen konnte. Er sah aus, als hätte er noch nie in die Sonne geschaut. Dann wollte er wissen, ob ich es gewesen sei, der gegen den Bus gehauen hatte. Ich nickte, außer Atem, vornübergebeugt mit den Händen auf den Knien.

»Dann nehme ich dich nicht mit.«

Das war alles, was er sagte, dann klappten die Türen wieder zu, und er schüttelte den Kopf, als hätte ich ihm ins Gesicht gebrüllt. Das hätte ich auch gerne, doch ich wusste nicht, was, und so stand ich nur da, sagte nichts und sah den roten Lichtern nach. Ich drängte mich zwischen den Menschen hindurch, war der kleinste von ihnen, sodass sie über mich hinwegsahen. Zwischen den Häusern konnte ich den Fluss sehen, hinter ihm zeichneten sich die Dächer der Stadt ab, davor ein Teil der U-Bahn.

Unten auf der Plattform zwischen den Gleisen war es so hell und warm, dass es mir schwerfiel, nicht auf einer der Bänke zu schlafen. Ich fuhr so lange mit meinem Finger über einen der Fahrpläne, die seitlich an den Automaten klebten, bis ich eine Station gefunden hatte, die ich kannte. Es sah gar nicht so weit aus, wie ich gedacht hatte. In der U-Bahn fühlte ich mich wie hineinkatapultiert in eine Welt mit nichts als Geisterbahnfiguren. Die Türen knallten so abrupt zu, dass sie mich in der Mitte durchgeschnitten hätten, wäre ich zwischen ihnen stehen geblieben, dann raste sie in den Tunnel. Für einen Moment war da kein Licht, nicht einmal mehr in der Bahn, so als wäre sie von den Gleisen abgehoben und in die Dunkelheit des Universums geschossen. Wo keiner sie wiederfinden würde. Das Universum, hatte Vincent mir erzählt, war unendlich. Und als ich ihn gefragt hatte, was er damit meine, hatte er gelacht und gesagt, dass Köpfe und vor allem die Gehirne explodierten, wenn man zu lange darüber nachdachte. Dass ich auf der Erde lebte, wusste ich noch nicht so lange. Davor war ich mir sicher gewesen, dass die Stadt, in der ich lebte, nicht London, sondern Großbritannien hieß und dass diese Stadt in dem Land Erde liegt. Nur welcher Planet es war, hatte ich nie herausgekriegt. Ich hatte meinen Vater gefragt und er hatte geantwortet, dass es die Erde sei. Ich konnte mich noch daran erinnern, wie ich ihn angesehen und für einen Idioten gehalten hatte. Danach dachte ich, wir würden auf dem Neptun leben. Das war neben dem Mond und der Sonne der einzige Planet, den ich sonst noch kannte. Selbst jetzt kam es mir noch so vor, als wüsste niemand so richtig, wo wir waren. Als hätten wir nur irgendeinem Planeten irgendeinen Namen gegeben. Mir kam der Gedanke, dass wir uns schon vor Ewigkeiten verlaufen haben könnten, vor so vielen Jahren, dass es alle wieder vergessen hätten. Ich lehnte meinen Kopf gegen das Fenster, es war nicht zu erkennen, ob die Bahn sich nach oben oder immer weiter nach unten bewegte, und mit jeder weiteren Minute schien es mir unmöglicher, dass sie an die Erdoberfläche zurückkehren würde. Schließlich flackerte das Licht der nächsten Station auf, viel zu hell, sodass ich die Augen für eine Sekunde schließen musste. Es war kalt geworden, der Wind riss an meinen Haaren, von hier aus bis nach Hause waren es drei Straßen. Ich hatte das alles schon einmal gesehen, trotzdem rannte ich den gesamten Weg und blieb erst stehen, als meine Handflächen die Tür des Kiosks berührten. Mit meinem gesamten Gewicht drängte ich mich dagegen, ich zog an ihr, sie bewegte sich nicht und obwohl ich wusste, dass Kolja nicht da war, klopfte ich immer wieder dagegen. Als hätten sich alle gegen mich verschworen.

Nachdem ich die Straße überquert hatte, hastete ich durch das Treppenhaus. Für eine Sekunde blieb ich vor Vincents Wohnungstür stehen, lehnte mich dagegen und sah die Klingel an, um schließlich weiterzugehen. Noch bevor ich das Dach erreicht hatte, hörte ich den Wind schon darüberziehen. Ich warf die Tür hinter mir in den Rahmen wie nach einem der längsten Tage und konnte mir nichts anderes mehr vorstellen, als mich ins Zelt zu legen. Unter mindestens drei Decken und die Welt auszuschließen. Und dann sah ich es. Da wo mein Zelt gestanden hatte, war keins mehr, wobei keins nicht ganz richtig war. Zwei der drei Leinen hatten sich gelöst oder waren gerissen, sodass es nur noch an einer festgebunden war und aufgebläht wie ein Segel vor dem dunklen Himmel hing, während der Wind es immer wieder in die Höhe hob und fallen ließ. Schließlich drehte es sich um seine eigene Achse und blieb zuckend liegen. So als wollte es sich aufraffen und schaffte es nicht. Die einzelnen Seiten der Zeitungen verteilten sich wie Flügel heller Raubvögel über den Dächern, einige klatschten vorwurfsvoll gegen die Schornsteine, sodass ich die Titel lesen konnte, andere waren in den Antennen hängen geblieben. Das Papier war dick angeschwollen, die Texte darauf waren verschwommen. Ich ließ alles so liegen, nahm nichts mit, der Wind konnte es kriegen. Kaum hatte ich meinen Schlüssel in die Wohnungstür geschoben, wurde sie von innen aufgerissen.

»Verdammt! Du hast mich fast zu Tode erschreckt.«

Stirnrunzelnd trat ich einen Schritt zurück, blickte in das fremde Gesicht einer Frau und verstand überhaupt nichts mehr. Sie war kleiner als meine Mutter, hatte eine Zahnbürste in der Hand, die dunklen Haare fielen ihr bis über die Schultern. Meine Gedanken rissen ab und alles ergab einen Sinn, sodass ich einfach nur dastand und darauf wartete, dass mein Vater hinter ihr im schwach beleuchteten Flur erschien.

»Was willst du?!«

Das war das Nächste, was sie sagte.

»Ich wohne hier.«

»Nein, tust du nicht.«

Sie klemmte sich die Zahnbürste in den Mundwinkel und tippte gegen das Klingelschild an der Wand. Selbst den Namen hatte mein Vater geändert. Wütend drängte ich mich an ihr vorbei in die Wohnung dahinter, auch der Geruch darin war ein anderer. Erst da verstand ich, dass ich mich nicht nur in der Tür, sondern auch im Stockwerk geirrt hatte. Zurück im Vierten schloss ich die Wohnungstür auf, diesmal die richtige, ich kontrollierte es zweimal, so leise wie es ging, und erstarrte, als ich dachte, ein Geräusch gehört zu haben. Doch der Gang dahinter war still und finster. Dunkel war, wenn wenigstens noch die Konturen zu sehen waren und finster war, wenn selbst die letzten Linien verschwanden. Ich musste mich zwingen weiterzugehen, wagte es nicht, das Licht anzuschalten. Mit langsamen Schritten tastete ich mich an der Wand des Flurs entlang, ich kam mir vor wie ein Eindringling. Fast wäre ich über die Kisten gestolpert, die achtlos verteilt auf den Dielen lagen. Ich stieß auch noch gegen etwas anderes, glatt und flach, ging in die Knie und tastete weiter, erst dann begriff ich: Es waren die Bilderrahmen, die vor zwei Wochen von der Wand verschwunden waren. Zögernd stieg ich über sie hinweg und tastete mich weiter die Wand entlang bis zum Badezimmer, schaltete das Licht darin an, sodass ein Bruchteil davon durch den Spalt der angelehnten Tür in den Flur schien. Minutenlang starrte ich auf die Fotografien, konnte sie kaum erkennen und ging so nah ran, dass meine Wimpern sie berührten. Erinnerungen waren seltsam, je mehr ich versuchte, sie zu vergessen, desto deutlicher konnte ich sie sehen. Da waren welche, die nicht mehr als eine Farbe waren, die kurz in meinem Kopf aufleuchteten, manchmal so schnell, dass ich erst viel später bemerkte, dass ich sie gesehen hatte. Und dann waren da Erinnerungen, die sich wie Wasser über mich ergossen, nicht so leicht wie Regen, nein, sondern als würde jemand einen Eimer über mir ausschütten.

Manchmal war es nicht einmal ein gewöhnlicher Eimer, sondern ein unendlicher, in dem die ganze Themse war, sodass ich keine Luft mehr bekam und ich dachte, ich würde ertrinken. Ich fragte mich, wie viele sich eine Hand abgeschnitten hätten, wenn es möglich gewesen wäre, alle schlechten Erinnerungen da hineinzukriegen. Und ob eine Hand gereicht hätte oder ob es auch Erinnerungen gab, die viel größer waren, sodass es nicht nur die Hand, sondern der ganze Arm oder ein Bein sein musste. Einmal war mir das schon passiert. Einmal musste ich alles vergessen haben, sogar meinen Namen. Ich wusste nur nicht, wie. Die ersten Dinge, an die ich mich erinnern konnte, waren nicht aus der Zeit, als ich auf die Welt gekommen war, sie begannen viel später. Mit fünf oder sechs Jahren. Es war auch nicht so, dass ich mich nur an die guten erinnerte oder nur an die schlechten, sie waren alle verschwunden, was bedeuten musste, dass Erinnerungen nicht voneinander zu trennen waren, und so war es auch. Wenn ich an Kolja dachte, fiel mir irgendwie auch die Wut meines Vaters ein, und wenn ich an meine Mutter dachte, erinnerte ich mich irgendwie auch an die Parkhäuser, in denen ich nach der Schule gespielt hatte, an Sebastien, der in der ersten Klasse hinter mir gesessen hatte und mein bester Freund geworden war, jedenfalls so lange, bis wir weggezogen waren, ich dachte an einen Samstagmorgen, an dem ich mit meiner Mutter aus den Umzugskartons einen Urwald gebaut hatte, daran, wie wir mit ausgestreckten Armen und Beinen im Bett gelegen hatten, an die blauen Laken, an unsere Schultern, die sich berührten, an das Wort »noir«, was das Lieblingswort meiner Mutter war, an die Ungeduld meines Vaters und das Blut zwischen meinen Fingern, als er zum ersten Mal einen Wutanfall bekommen hatte, an Steine, die wie Tiere aussahen, und an Tiere, die wie Steine waren, an dickflüssige ineinander verlaufende blaue und grüne Farbe, die Sebastien und ich uns ins Gesicht geschmiert hatten, an Cartoons, daran, wie mein Vater mir das Schwimmen beigebracht hatte, an meine Mutter, die meinen Vater einen Bastard nannte, an das Viertel, in dem ich mich in der zweiten Woche in dieser Stadt verlaufen hatte, an die Nächte, in denen jeder der beiden gedacht hatte, dass der jeweils andere auf mich aufpassen würde, sodass es niemand getan hatte, an das blaue Zelt auf dem Dach, daran, wie ich mich zum ersten Mal mit Sebastien geschlagen hatte, an die seltsame Stille, die sich durch die Zimmer bewegte, nachdem wir uns angeschrien hatten, an das Gefühl, wenn ich unter Wasser die Augen öffnete. Das war alles miteinander verbunden, ich verstand nicht, warum. Und ich dachte darüber nach, wer ich wäre, wenn ich keine Erinnerungen mehr hätte. Nicht einmal eine. Und ob ich mich dann in Luft auflösen würde.

Auf Zehenspitzen hängte ich jedes der Fotos an die Wand zurück. Nur um 180 Grad gedreht, genau so, wie die Dinge jetzt waren. Verkehrt herum. Als ich das letzte in der Hand hatte, kam ein Geräusch aus der

Küche, sodass ich zusammenzuckte. Ich wiederholte stumm die Namen der Straßen, in denen ich gelebt hatte. Immer wieder von vorne und lehnte mich gegen die Tür, auch die Küche dahinter lag im Dunkeln, das Fenster auf der gegenüberliegenden Seite stand offen, mein Vater schlief auf einem der Stühle, ich konnte ihn atmen hören, einer seiner Arme lag wie ein Kissen unter seinem Gesicht, in der anderen hielt er eine leere Flasche. Er hatte sich das Hemd ausgezogen und es auf die Dielen geworfen. Mein Herz schlug so schnell, dass ich dachte, er würde sich auf der Stelle umdrehen, um zu sehen, was da hinter ihm vor sich ging. Tat er aber nicht, trotzdem spürte ich, wie sich alles von mir abwandte. Diese Zimmer waren nicht länger mein Zuhause. Jemand anderes wohnte jetzt hier. Neben der Spüle entdeckte ich die Urne. Ohne meinen Vater aus den Augen zu lassen, schlich ich durch die Küche. Als ich über sie strich, war ich erstaunt, dass meine Finger wirklich auf einen Widerstand stießen, und zögerte.

KAPITEL 23

So lange, dass sie umkippte und der Kante entgegenrollte. Meine Arme zuckten nach vorne, meine Beine nach hinten, zu wenige Sekunden, um das Wohin entscheiden zu können. Ich rannte in die Abstellkammer direkt neben dem Fenster und klemmte meine Finger in die Tür, hätte ich es nicht getan, wäre sie umso lauter in den Rahmen geschlagen. Kaum war ich drin, hörte ich die Urne auf die Dielen fallen. Das Geräusch schien durch die gesamte Stadt zu hallen, sodass jeder, da war ich mir sicher, davon aufgewacht war. Jeder außer mein Vater. Da war kein Stuhl, der über die Dielen schrappte, kein Räuspern, keine Stimme; da waren auch keine Schritte, mein Vater schien das Geräusch gar nicht bemerkt zu haben. Er schlief weiter. Ich spürte den Schweiß in einer schmalen Linie über meine geschlossenen Augen hinweg von der Nase bis zum Kinn ziehen. Erst jetzt bemerkte ich, wie heiß es hier war, und stellte mir vor, wie der Sauerstoff sich mit jedem meiner Atemzüge verringerte. Ersticken war keine der Todesarten, die ich mir ausgesucht hatte, und um sicherzugehen, dass es auch nicht diese, sondern wenigstens irgendeine andere werden würde, atmete ich nur so wenig wie möglich. Da war ein salziger Geschmack zwischen meinen Zähnen, ich wusste nicht, ob lediglich Sekunden, mehrere Minuten oder eine halbe Stunde vergangen waren. Es fühlte sich wie die gesamte Nacht an.

Es roch nach Erde, Waschmittel und Kälte. Die Stirn gegen die Tür gelehnt, hielt nicht nur ich, sondern auch der Regen, selbst der Wind den Atem an. Ich strengte mich an, nirgendwo dranzukommen und nicht noch etwas umzuwerfen. An meinem Rücken spürte ich die Kanten der Regale. Meine Fersen stießen gegen eine Kiste, die auf dem Boden stand, daneben ein Eimer. Lautlos drehte ich ihn um, setzte mich auf ihn und legte meinen Kopf in den Nacken. Die Abschürfung an meinem Kinn pochte, als wäre sie mit meinem Pulsschlag verbunden. Irgendwann gewöhnte ich mich an die Dunkelheit, sodass ich schemenhaft meine Hände erkannte. Meine Beine juckten. Kaum hatte ich sie berührt, fing es auch an meinem Hals an. Das Geräusch, das meine Fingernägel auf meiner Haut machten, hörte sich viel zu laut an. Ich stieß gegen die hart gewordene Schicht aus Schorf, die sich auf meinen Knien gebildet hatte. Gelbschriller Schmerz zog durch meine Knochen, etwas Nasses war zwischen meinen Fingern. Fast hätte ich gegen die Tür getreten.

KAPITEL 24

Stirnrunzelnd betrachtete Kolja sein rot beleuchtetes Gesicht im Spiegel, dann das Foto, das er in den Händen hielt und erst vor wenigen Sekunden entwickelt hatte. Es war noch nass, sodass die Chemikalien auf den Rand des Waschbeckens und von da aus auf seine Schuhe tropften. Seine Nasenflügel waren das Einzige, was sich bewegte, sie zitterten. Er war sich nicht sicher, was er da sah, hielt es sich dichter vor die Augen und überlegte, ob er einen größeren Abzug davon machen sollte. Schließlich atmete er tief ein und wusste ebenso wenig, ob ihm von dem Geruch des Entwicklers oder dem Foto selbst schwindelig wurde. Mit einer Hand verscheuchte er die Fliegen, die ihm in der stickigen Luft entgegenkamen. Die schmalen Flügel passten nicht zu ihnen. Routiniert legte er das Foto zurück ins Waschbecken, zog sich die weißen Vinylhandschuhe von den Händen, ließ sie auf den Boden fallen und ging nach draußen. Das Licht im Kiosk hatte er schon vor zwei Stunden ausgeschaltet, danach die Tür von innen abgeschlossen, die Regale lagen im Dunkeln, lediglich der Schein der Straßenbeleuchtung und der einzeln vorbeifahrenden Autos kam herein. Es musste kurz nach zwei sein, vielleicht war es auch schon drei. Erst als er vor dem Kiosk auf den Stufen saß, gelang es ihm auszuatmen, seine Hände zitterten. Diese Nacht war seltsam. Der Regen sickerte still in sein Hemd und hinterließ dunkle Wasserflecken auf dem Leinenstoff, Kolja bemerkte ihn nicht. Mit der einen Hand nahm er die Brille ab, mit der anderen holte er lose Sonnenblumenkerne aus seiner Hosentasche und schnippte sie sich in den Mund, ununterbrochen, er öffnete sie mit den Zähnen und spuckte die Schalen vor sich auf den Boden, wo sie wie schmale Mondsicheln liegen blieben. Als er losging, zerbrachen sie unter seinen Füßen. In den Fenstern, an denen er vorbeiging, sah er sich gähnen, müde war er trotzdem nicht. Die Straßen lagen verlassen vor ihm, niemand sonst war zu sehen, nur seine Schritte waren zu hören, sodass er sich fragte, ob er nicht doch eingeschlafen war, ohne es bemerkt zu haben, und womöglich nur träumte, oder ob nicht diesmal er es war, der gestorben war, und der Tod genauso wie diese Straße aussah. Er lief durch das Viertel, ohne irgendein Ziel im Sinn zu haben, und bereute, keine Whiskeyflasche mitgenommen zu haben. Seine Füße brannten, schließlich streifte er sich das zerschlissene Leder von den Fersen, band die Schuhe an den Schnürsenkeln zusammen und legte sie sich um den Hals. Er zündete sich eine Zigarette an, während des ersten Zugs fiel ihm ein Montagabend im Februar ein, der knapp acht Jahre her war, und mit jedem weiteren Schritt war es, als würde sich die Straße vor ihm in eine andere verwandeln. Eine in Bengasi, statt des Regens sah er den von Autos aufgewirbelten Staub, helle Fassaden, in deren Aushöhlungen die Fenster fehlten, zersplitterte Steine und Scherben, davor verkohlte Palmen. An diesem Abend war er schon vor der Dämmerung zurück im Hotel gewesen. Außer ein paar Übersetzern, Reportern und Fotografen hatte jeder das Viertel verlassen. Er hatte an die Tür seines Zimmers geklopft und Joan hatte ihn hereingelassen. Ein schmales Bett, ein Tisch und ein Stuhl hatten darin gestanden, mehr nicht. Auf allem eine dünne Schicht aus gelbem Staub, der gleiche, der ihm in die Nase und die Augen gekommen war. Vor den Fenstern waren in der Ferne über den Dächern Rauchwolken aufgestiegen. Sie hatten wie Geister ausgesehen. Joan hatte auf seinem Bett gelegen, einen Arm um ihre Taille geschlungen, und gelesen. Daneben Tom. Mit dem Rücken gegen die Wand gelehnt, hatte er seine Beine bis über die Bettkante ausgestreckt, auf Koljas Stuhl abgestützt und sich eine Zigarette gedreht. Die Narben auf seinem linken Fuß hatten wie ein stark vereinfachter Finger ausgesehen. Zeige- oder Mittelfinger.

Zwei Wochen zuvor, nachdem die Demonstrationen gegen die Herrschaft Muammar al-Gaddafis angefangen hatten, nicht nur in Bengasi, auch in anderen Städten wie Al-Baida und Tripolis und darüber hinaus, hatten die Unruhen in Tunesien, Ägypten und Algerien zugenommen. Kolja erinnerte sich an Spezialeinheiten der Polizei, die von den Dächern der Stadt in die Menge geschossen hatten, und an vereinzelte Polizisten und Offiziere der Armee, die zu den Demonstranten übergelaufen waren. Auch wenn sie manchmal lediglich wenige Tage irgendwo gearbeitet hatten, hatte es dazwischen auch immer wieder Wochen, sogar Monate gegeben, in denen sie an einem Ort geblieben waren, gezwungen zu warten, sodass selbst in den unwirklichsten Städten und Gebieten eine Monotonie entstanden war, in der sie zwischen dem Hotel und irgendeiner Bar, die zum Treffpunkt der Presse aus allen möglichen Ländern geworden war, gependelt waren. Kolja hatte das Radio angeschaltet und ununterbrochen zwischen den Sendern hin und her gewechselt. Ihm fiel vieles ein, wenn er an diese Tage dachte, aber das, was er an diesem Abend am meisten gehasst hatte, war die Wiederholung. Alles was er fotografiert hatte, war immer das Gleiche gewesen, nicht nur in den Tagen, auch in den ganzen Jahren davor, nur mit anderen Gesichtern. Nationen verschwanden, andere entstanden. Alles endete in Plastiksäcken. An diesem Abend wäre er lieber woanders gewesen als in Bengasi, aber wäre er nicht dort gewesen, hätte er unbedingt dort sein wollen, das wusste er. Irgendwann hatten sie das Zimmer verlassen. An dem linken Ende des schmalen langen Flurs hatte eine Treppe bis in die Lobby darunter geführt. An der rechten Seite klaffte ein Loch zwischen den Wänden. Dahinter hatten sich die

Konturen des gegenüberstehenden Gebäudes und der schief in der Erde steckenden Strommasten erhoben. In der ersten Nacht, die sie in dem Hotel verbracht hatten, war ein Artilleriegeschoss auf dieser Seite des Gebäudes eingeschlagen, die Fenster waren zerbrochen, und neben dem Ausschnitt in der Fassade war auch ein tiefer runder Krater in der Straße darunter entstanden. Wo sich am Tag davor noch eine Wand befunden hatte, war zwischen zersplitterten Steinen die warme Abendluft zu ihnen in den Gang gedrungen. Kolja hatte sich mit Joan darüber gestritten, wohin sie gehen sollten, und der Frust, vielleicht sogar eine merkwürdige Art der Langeweile, hatte sich in ihren Wörtern verfangen, sodass sie begonnen hatten, sich nicht nur darüber, sondern auch über Joans Presseausweis, den Kolja verloren hatte, über Parlamentswahlen und über das Datum ihrer Rückreise zu streiten, während Tom, nahezu teilnahmslos mit verschränkten Armen, zwischen ihnen gewartet und weiterhin mit dem Telefon in der Hand nach Empfang gesucht hatte. Als keiner der beiden auf ihn reagiert hatte, war er, ohne ein Wort zu sagen, auf den Durchbruch am Ende des Flurs zumarschiert und im blauen Licht der Dämmerung hinuntergesprungen. Joan war regungslos in der Bewegung erstarrt, seltsamerweise hatte Kolja sich nicht erschreckt, völlig ruhig war er den Gang entlanggegangen, in dem scharfkantigen Ausschnitt in der Wand stehen geblieben und hatte sich, als würde er auf einer Klippe stehen, so weit es ging vornübergebeugt, um hinunterzusehen. Durch eine geplatzte Rohrleitung hatte sich der darunter befindliche Explosionskrater mit Wasser gefüllt, bis zum Rand. Auf dem Rücken liegend war Tom mit langsamen Bewegungen quer durch den Krater geschwommen. Von oben hatte es ausgesehen, als würde er durch die grauen Wolken treiben, deren Silhouetten sich in der glatten Wasseroberfläche gespiegelt hatten. Selbst im Stehen hatte ihm das Wasser bis zu den Schultern gereicht. Wie selbstverständlich hatte Tom ihm gewinkt, ihn aufgefordert, zu springen oder wenigstens runterzukommen und ihm sein Telefon mitzubringen. Er hatte es auf einem der zersplitterten Steine liegen lassen. Leise fluchend war Joan neben Kolja getreten und hatte eine Plastikflasche nach Tom geworfen, sie war an seinem Kopf abgeprallt und wie ein Satellit neben ihm auf der Wasseroberfläche liegen geblieben und um ihn herumgetrieben. Den Streit hatten sie vergessen. Unvermittelt hatte Kolja diesen Augenblick anhalten wollen und seine Hand aus dem zerstörten Fenster gestreckt, sodass ihr Schatten sich auf Joans Wange abgezeichnet hatte. Als würde er darüberstreichen. Die ganze Nacht hatten sie am Rand des Kraters gesessen, gegessen, getrunken und geredet, während in der Entfernung Schüsse zu hören gewesen waren. Der nächste Tag war ganz von alleine angebrochen.

Wind kam auf, Kolja senkte den Blick, erstaunt stellte er fest, dass er in einer dunklen Wasserlache stand. Darunter der dunkle Asphalt, nicht so grau wie in den anderen Straßen, sondern schwarz. Er blieb im Regen stehen und zündete sich eine weitere Zigarette an. Es roch nach nassen Tieren. Es war eine der letzten Nächte gewesen, die sie zusammen verbracht hatten. Joan war zwei Monate später gestorben. Der Tod war seltsam, von ihrem hatte er am Telefon erfahren. Um vier Uhr morgens, er hatte gerade einen Film geschaut, vielleicht hatte er auch gegessen. Nachdem er den Anruf beendet hatte, war es stiller als vorher gewesen, und er war in die Küche gegangen, hatte aus dem Fenster gesehen und es hätte eine andere Stadt als gestern dahinterliegen können, er hätte nichts davon mitbekommen. Er hatte sich mit einer Schüssel Cornflakes und Milch an den Tisch gesetzt, dann war eine Woche vergangen, in der er so tat, als hätte es diesen Anruf nicht gegeben. Wenn er jetzt daran dachte, kam es ihm so vor, als blickte er auf ein Jahr zurück, in dem es durchgehend Nacht gewesen war. Er glaubte sich sogar daran zu erinnern, dass er in den Zimmern zu jeder Tageszeit das Licht angeschaltet hatte. Kolja hatte gewusst, dass das passieren konnte, nicht nur ihr, sondern auch ihm, und trotzdem fand er es seltsam. Noch immer. Sie war tot, aber es fühlte sich nicht so an. Er wusste auch nicht, wie es sich anfühlen sollte. Vielleicht wie die Wirklichkeit, doch nicht einmal dieses Wort hörte sich so an wie die Wirklichkeit. Es klang wie Fiktion. Wie ausgedacht.

Er atmete tief ein und rieb sich mit den Händen über die Arme, dann durch das Gesicht, wie um aufzuwachen. Joan hatte immer gesagt, sie wolle nach ihrem Tod irgendwelchen wilden Tieren zum Fraß vorgeworfen werden. Trotzdem war sie beerdigt worden. Die Wolken über ihm schoben sich unüberhörbar ineinander. Seine an den Schnürsenkeln zusammengeknoteten Schuhe hatten dunkle Ränder auf seinem Hemd hinterlassen. Mit beiden Händen hielt er sich die Augen zu, als wäre ihm Dreck hineingeraten. Das tat er so lange, bis er abrupt umkehrte und kopfschüttelnd die Ärmel seines Hemdes hoch bis zu den Ellenbogen krempelte.

KAPITEL 25

Ich schrak hoch und zuckte zusammen, konnte meine Augen nicht mehr offen halten, immer wieder schlief ich ein, nur für wenige Minuten, und wachte davon auf, dass ich mit der Stirn gegen die Tür vor mir stieß. Ich wollte weg von diesem Eimer, raus aus dieser Küche, aus der Wohnung, aus diesem Haus und der Straße, vielleicht sogar aus der Stadt. Was ich wollte, war ein anderer Name, einer der mit meinem Vater nichts zu tun hatte. Gleichzeitig wollte ich mich neben ihn stellen, meine Arme um seine Schultern legen, ich wollte ihn ansehen, aber ich wollte nicht mehr zu ihm gehören. Zu irgendjemand anderem an einem anderen Ort als diesem, nur nicht zu ihm, und ich wollte eine Blase um mich herum aufspannen wie eine zweite Haut, die jeden davon abhalten sollte, zu mir durchzudringen, blau schimmernd mit dünnen Linien überzogen, die aussahen wie Adern, und ich dachte an den Strand und die Tage, die wir dort verbracht hatten. Daran, wie ich meinen Kopf in den warmen Sand gelegt und er eins meiner Ohren verstopft hatte, während in das andere der Wind gezogen war. Über mir hatte ich den Mond und die Sonne stehen sehen. Die Linie des Horizonts hatte sich verschoben und für einen Augenblick waren Himmel und Ozean nicht länger voneinander zu unterscheiden gewesen. Als würde der Mond im Wasser treiben. Als ich das nächste Mal aufwachte, war mein Bein eingeschlafen. Es fühlte sich an, als wäre es Teil der Dielen darunter geworden. Mit verkrusteten Augen versuchte ich aufzustehen. Es war seltsam, wieder drinnen zu schlafen. Auch von der Stadt drang kein Laut herein, als würde sie nicht mehr existieren, und ich sehnte mich auf das Dach und nach dem Wind. Danach, dass er mir über die Haut und durch die Haare strömen und mir die düstersten Dinge aus dem Kopf holen würde.

Die Luft wurde immer schwerer und je länger ich hier saß, desto weiter drückte sie mich nach unten. Nicht mehr lange und ich würde mich auflösen, das konnte ich spüren. Das T-Shirt klebte mir nass am Rücken, ich knetete den Saum zwischen meinen Fingern, mit der anderen Hand umschloss ich die Klinke und atmete noch dreimal tief ein und aus, bevor ich sie hinunterdrückte und durch den Türspalt spähte. Da war blauer Dunst, er hatte sich zwischen den Wänden ausgebreitet. Das Einzige, was ich hörte, war das Ticken der Uhr gegenüber an der Wand. Fünf Stunden waren vergangen. Zwei und dann noch einmal drei. Mein Vater saß immer noch am Tisch, den Kopf auf den Armen liegend. Darunter die Urne, nicht weit von seinen Füßen entfernt. Obwohl er mich nicht sehen konnte, hatte ich dennoch das Gefühl, von ihm beobachtet zu werden.

Mit unendlichen langsamen Bewegungen verließ ich den Eimer, auf dem ich saß, ließ die Tür leise hinter mir in den Rahmen klicken und robbte der Urne entgegen, über den Boden und zwischen den Tischbeinen hindurch. Und erstarrte. Als ich Schritte hörte, waren sie schon neben mir. Nachdem mein Vater aufgestanden war, streifte er mit einem Fuß den Schuh am jeweils anderen ab und ließ beide liegen, während ich auf das dunkle Leder und die schwarzen Schnürsenkel starrte, weiße Pollen hingen an den Fasern. Keiner von uns beiden bewegte sich. Er stand nur da, und ich hatte keinen Schimmer, ob er mich entdeckt hatte oder ob er mich sehen würde, sobald er den Kopf drehte. Zwischen uns war nicht einmal ein Meter. Hätte ich meinen Arm ausgestreckt, hätte ich ihn berühren können. Dann ging er zur Spüle und ich hörte, wie er den Wasserhahn anstellte, wie er ein Glas von dem Regal darüber nahm und fluchte, ich hörte ihn schlucken und in die Spüle spucken. Stumm zählte ich von drei auf null herunter. Bei null würde ich bis zum Ende des Tisches schlittern, die Urne packen und die Wohnung verlassen. Ich kam bei null an und bewegte mich keinen Millimeter.

Währenddessen verließ er das Zimmer, er ließ die Küchentür hinter sich offen stehen, sodass ich sah, wie er ins Badezimmer ging, um nach wenigen Sekunden rückwärts wieder in den Flur zu treten. Irgendetwas in mir schien umzukippen. Er hat mich entdeckt, dachte ich zuerst und zog die Knie und Arme noch enger an meinen Körper heran. Erst als er regungslos stehen blieb, begriff ich, dass er nicht mich, sondern etwas anderes anstarrte. Es waren die Fotos, die ich an die Wand gehängt hatte. Mit hinter dem Kopf verschränkten Armen stand er vor ihnen und biss sich auf die Lippen. Das ahnte ich, ohne sein Gesicht sehen zu können. Sekunden später schredderte mein Name über die Dielen, er rief ihn immer wieder, nahm eins der Fotos von der Wand und lief den Flur herunter bis in mein Zimmer, dann nebenan ins Wohnzimmer. Währenddessen schlich ich ins Bad, mit geschlossenen Augen blieb ich hinter der Tür stehen und glaubte, so mehr hören zu können. Mit dem Foto in der Hand kehrte er in die Küche zurück, erst jetzt entdeckte er die Urne unter dem Tisch. Er hob sie auf, ich spürte, wie ich sie ihm aus den Händen reißen wollte, während er sie auf den Tisch stellte und zur Decke starrte. Schließlich legte er das Foto auf die eine und die Urne auf die andere Seite und zündete sich eine Zigarette an. Als er anfing zu sprechen, zuckte ich zusammen und glaubte, er würde mich meinen.

»Hier sind wir. Du und ich. Es ist lange her, dass wir zusammen in einem Zimmer waren, oder? Und ich einen Satz bis zum Ende bringen konnte, ohne von dir unterbrochen zu werden und dass wir anfangen, miteinander zu streiten. Wie fühlst du dich? Als Levi deine Urne geklaut hat, hätte ich ihm fast ins Gesicht geschlagen. Zuerst war ich wütend darüber, dass ich deine Beerdigungsrede nicht halten konnte, danach war ich umso glücklicher, dass ich es nicht musste. Sie war nicht besonders gut, ich denke, sie war sogar grauenhaft, obwohl ich in den Tagen zuvor ununterbrochen darüber nachgedacht hatte. Darüber, was ich über dich denke. Ich habe nach Stichpunkten gesucht, so was wie unberechenbar, irgendetwas, was die meisten mit dir verbunden haben: Unberechenbar und verdammt stur, und immer wenn ich den Stift angesetzt habe, ist mir der Gedanke gekommen, dass du mich selbst bei deiner eigenen Beerdigung unterbrechen könntest. Nur um mir zu sagen, dass das die schrecklichste Rede ist, die du jemals gehört hast. Selbst die Hälfte der Gäste, die gekommen sind, hättest du nicht eingeladen. Als die Beerdigung begann, war es, als würdest du neben mir sitzen und mich ununterbrochen fragen, warum ich …«

Er hielt inne, ich wollte das Ende des Satzes hören, unbedingt, gleichzeitig konnte ich kaum aushalten, was er sagen könnte. Ich überlegte, ob ich mir die Ohren zuhalten sollte, bis ich verstand, dass er ihn nicht beenden würde.

»Als wir uns am Anfang getroffen haben, sind wir oft die ganze Nacht durch die Stadt gelaufen und haben über alles geredet: über Filme, wo wir herkommen, irgendwelche Leute, Träume, wo wir überall leben wollen, was Freundschaft bedeutet, wie unsere Leben aussehen könnten. Das ist eine gute Erinnerung. Sie ist nicht wahr, aber sie ist gut, oder? So eine Erinnerung hätte ich gerne mit dir gehabt. So was hätte ich gerne mit dir erlebt. Aber es ist nie passiert. Eigentlich haben wir uns in Paris nur getroffen, weil das Flugticket, das du gekauft hast, nach Frankreich zwanzig Euro günstiger war als das nach England. Kannst du dich daran erinnern, wie ich während eines Streites mit dem Fahrrad weggefahren bin und du dich ins Auto gesetzt und mich von der Straße abgedrängt und fast überfahren hast? Am liebsten hätte ich dasselbe getan. Du bist mir nur zuvorgekommen. Du wolltest mich töten und ich wollte dich töten.«

Ich hielt den Atem und verschluckte mich fast, als er mit dem Foto auf die Urne schlug, sodass der Rahmen zerbrach. Mit den langsamsten Bewegungen zog ich die Pistole unter dem Waschbecken zu mir heran, klemmte sie hinter den Bund meiner Hose und zuckte zusammen, als sich hinter mir der Duschvorhang über der Badewanne zu bewegen begann. Es war nur der Wind gewesen.

»Ich habe lange gedacht, dass wir nur durchhalten und warten müssen, Geduld brauchen und selbst jetzt, wo du tot bist, warte ich irgendwie immer noch.«

Der Rauch verteilte sich in der Küche, in verschlissenen Schwaden stob er auseinander und drängte nach oben, ohne den Weg nach draußen zu finden. Die Sekunden wurden zu Minuten, sie wuchsen, breiteten sich aus wie etwas, das ich verschüttet hatte.

»Als wir uns das letzte Mal gesehen haben, hast du mir gesagt, dass du ausziehen willst.«

Ich hielt den Atem an und fragte mich, was das bedeutete. Was das für mich bedeutete.

»Auch da bist du mir zuvorgekommen. Ich habe mir oft überlegt, wie unser Ende aussehen könnte. Da waren leise Enden, andere, die umso lauter waren. Da waren gute Enden, bedeutende, auch durchschnittliche, nicht unbedingt schöne, unkompliziertere als dieses, doch obwohl ich so lange darüber nachgedacht habe, war keins davon wie das hier. Nicht ein einziges. Ich habe versucht, mir vorzustellen, wie die Dinge anders hätten laufen können. Dass du gegangen anstatt gestorben wärst. In eine andere Stadt oder in ein anderes Land, und die Wahrheit ist: Du fehlst mir trotzdem. Irgendwie bin ich davon ausgegangen, es würde anders sein. Vielleicht habe ich sogar gedacht, ich könnte dich vergessen.«

Ich konnte sehen, wie er sich mit der Hand über das Gesicht wischte, und wusste nicht, was ich tun sollte, ich wusste auch nicht, was ich denken sollte, und verlagerte mein Gewicht von der linken auf die rechte Seite. Er warf den Rest der Zigarette in die Spüle.

»Soll ich dir etwas verraten? Ich habe genug davon. Diese ganzen Geheimnisse, das Verbergen, genauso wie Levis Fragen. Ich kann sie schon sehen, bevor er anfängt, sie auszusprechen. Daran, wie er davor tief ein-

und ausatmet, als würde er von fünf auf null herunterzählen, daran, wie er dabei seine Schultern hochzieht und so tut, als wäre ihm diese Frage gerade erst eingefallen. Wie vor dem ersten Sprung vom Beckenrand. Als er wissen wollte, wie tief das Wasser ist und warum dessen Farbe verschwindet, sobald man drin ist. Ich glaube, da war er vier Jahre alt, es war auch das erste Mal, dass es mir aufgefallen ist, und es verschwand erst, als er schließlich besser schwimmen als laufen konnte. Seine Angst verloren hatte. Ich hatte es schon fast vergessen, bis er vor zwei Wochen wieder damit anfing. Nicht bei allen Fragen, nur bei denen, die selbst mich wach in der Nacht zurücklassen. Er hat mich gefragt, wie du gestorben bist. Als stünde er diesmal am Beckenrand der Wirklichkeit und irgendwie tut er das ja auch, denn die Antwort ist grausamer als die Frage selbst. Seitdem glaubt er, du wärst von einem Tiger getötet worden, jedenfalls hat Kolja mir das erzählt. Selbst von allen Enden, die uns hätten passieren können, kommt mir seins wie das beste vor. Als könnte niemand etwas dafür.«

KAPITEL 26

Sein Telefon klingelte. Er stand auf, klemmte es sich zwischen Ohr und Schulter und ging zum Fenster, die Urne immer noch in der Hand. Für ein paar Sekunden blieb es still.

»Ja, das bin ich. Hören Sie, das geht nicht. Das weiß ich, ja, aber wir können heute nicht noch einmal aufs Polizeirevier kommen, außerdem habe ich dazu doch bereits eine Aussage … Schreibt ihr euch eigentlich irgendetwas auf?!«

Er legte auf und das Telefon klingelte erneut, er schlug es auf den Tisch und es klingelte weiter, er schmiss es in einer geraden Linie durch die Küche, sodass es gegen die Wand prallte, hinter den Kühlschrank darunter rutschte und leiser weiterklingelte. Die Arme auf die Knie gestützt, starrte er den Kühlschrank an und fluchte, als es nach einer Pause wieder anfing zu klingeln. Nachdem er den Kühlschrank um wenige Zentimeter nach vorne gezerrt hatte, zog er das Telefon aus dem Spalt dahinter.

»Hallo?! Funkloch, ja, ich weiß auch nicht. Nein,

Sie stören überhaupt nicht, wie kommen Sie denn darauf?«

»Ich sagte ja bereits, dass es weder heute noch morgen …«, er legte den Kopf in den Nacken, verließ die Küche und durchquerte den Flur bis ins Wohnzimmer, »… gut, morgen um neun. Ja, ich bringe meinen Sohn mit, natürlich, gar kein Problem.«

Kaum hatte er den Flur verlassen, holte ich die Urne. Ein dumpfes Geräusch dröhnte durch mich durch, es war mein Herz, das immer schneller schlug. In dieser Sekunde spürte ich stärker als zuvor, dass ich nicht Batman war. Ich war nicht einmal zwölf, sodass ich nicht anders konnte, als mir vorzustellen, wie ich auf dem Obduktionstisch in irgendeiner Pathologie liegend davon erzählen würde, wie ich dorthin gekommen war. Am Anfang, würde ich dann sagen, hatte ich mir nichts dabei gedacht, und die Pathologin, die Johanna ähnlich sah, würde wissend nicken, während sie zwischen meine Rippen und Organe greifen würde. Ich würde ihr auch erklären, dass ich mir schon eine andere Art zum Sterben überlegt hatte. Eine, die viel schöner war und nicht so wie diese, und dann würde sie wieder nicken, diesmal mit Bedauern im Gesicht. Als Nächstes würde sie den Teil eines Zahns und Knochensplitter mit einer Pinzette aus meiner Haut herausziehen, um sie danach in eine silberne Schale fallen zu lassen. Das Geräusch, das dabei die Wände entlanghallte, hatte ich schon unendlich oft gehört. Danach, und das wusste ich genau, würde mein Vater kommen. So lief das nämlich, der müsste mich dann identifizieren, und das würde er auch tun. Mit einem kurzen Nicken.

Den Blick auf die Küchentür geheftet, lief ich zurück Richtung Flur, die Urne in meinen Händen wirkte, als würde sie immer größer werden. Nur noch wenige Sekunden und sie würde mich gegen den Tisch hinter mir schieben, die Glühbirnen an der Decke zum Platzen bringen, meine Knochen zerbrechen und den gesamten Flur ausfüllen, sodass mein Vater da, wo der Gang einmal gewesen war, nicht mehr als eine schwarze Wand finden würde, die er mit einem Hammer oder einem Stuhl einschlagen müsste, wenn er aus der Wohnung wollte. Dann betrat ich den Flur, im selben Augenblick wie mein Vater. Genauso wie ich hielt er inne und wir starrten uns an, wie eine Reflexion oder als wären wir dieselbe Person, nur um Jahre verschoben, die sich nun selbst in die Quere kam. Ich sah, wie sein Blick an mir herunterrutschte, immer tiefer bis zur Urne und der Flur schien schmaler zu werden, wir standen voreinander wie Duellanten, die einander nicht mehr einschätzen konnten, und schauten uns an, als hätten wir beide etwas zu verbergen. Dann, wie auf ein Zeichen, begannen wir uns gleichzeitig zu bewegen. Ich riss die Wohnungstür auf und stürzte ins Treppenhaus, weiter nach oben, dem Dach entgegen, fast hätte ich das Gleichgewicht verloren. Erst auf dem letzten Absatz beugte ich mich über das Geländer, sah nach unten und wartete auf die Dinge, die noch nicht passiert waren. Das Dach verschwamm im Licht, schockierend gelb kam es mir entgegen, sodass ich blind nach dem vom Regen verzogenen Stuhl suchte und ihn hinter mir unter der Türklinke verkeilte. Zusammen mit einer Reihe von Brettern, die viel zu schwer waren. Splitter drangen in meine Finger, als ich sie dahin zerrte. Als sich mein Vater zum ersten Mal von der anderen Seite gegen die Tür warf, ließ ich die Bretter in meinen Händen sinken. Die bereits verkeilten sahen wie das Skelett eines Tieres aus. Durch das Gewicht meines Vaters begann es zu zucken, als hätte es einen Puls bekommen. Verschwitzt blickte ich über die anderen Dächer hinweg und biss mir auf die Lippen, ich war alleine hier oben. Das letzte Brett dicht gegen meinen Körper gepresst, schleppte ich es weiter, es war leichter als vorher. Ich wusste nicht, ob sie halten würden, und das taten sie auch nicht, die Bretter brachen. Während ich zur gegenüberliegenden Dachkante stürmte, zog mein Schatten vor mir über das Dach und stieß gegen einen anderen, sodass sie zu einem wurden. Was ich sah, war der Umriss eines Tigers, übergroß und schwarz, der auf mich zukam und mich unverwandt ansah. Ich wich ihm aus, in einem Bogen, mein Schatten löste sich aus seinen Konturen. Trotzdem streckte ich die Arme aus, um sicherzugehen, dass es auch meiner und nicht der eines anderen war.

Hinter mir hörte ich Schritte, sie folgten mir, als hätte ich eine rote Linie über den Boden hinter mir hergezogen. Mein Name scheuerte über das Dach. Bevor ich die mit Farbresten überzogene Planke betrat, die wie eine schmale Brücke zwischen diesem und dem nächsten Dach lag, blickte ich über meine Schulter nach hinten.

KAPITEL 27

Nachdem Kolja den Kiosk erreicht hatte, suchte er in den Regalen, auf dem Schreibtisch und in seinen Schubladen nach den Filmen, die sich während der letzten Wochen angesammelt hatten. Er legte Musik auf, *Gyöngyhajú lány* von Omega, zog die Rollos vor den Fenstern nach unten, schloss die Tür zum Kiosk, löschte das Licht bis auf die rote Glühbirne, die er mit schwarzem Tape neben der herkömmlichen an der Zimmerdecke befestigt hatte, sodass ihr Licht den gesamten Raum verschwimmen ließ und die Falten in seinem Gesicht wie dunkle Linien wirkten. Bevor er die Plastikwannen jeweils mit Wasser und Fixierer füllte und auf den Fliesen des Badezimmers verteilte, zog er eine Baumwollleine viermal, parallel versetzt zueinander, quer durch das Zimmer und begann nacheinander alle Filme zu entwickeln.

Während sie trockneten, ordnete er sie chronologisch nach den orange eingebrannten Daten. Er mochte das Geräusch des Wassers, das von ihnen herunterlief und auf die Dielen tropfte und sich wie ein verlangsamter Sekundenzeiger anhörte. Zwischendurch setzte er sich auf die Pritsche, schlug ein Bein über das andere und stöhnte, als er den Schmerz darin spürte.

»Du solltest damit zum Arzt gehen.«

»Tom. Ich dachte, du wärst gestorben.«

»Nur zwei- oder dreimal.«

»Ich erinnere mich dran.«

»Seit wann bin ich tot?«

»Fast zwei Jahre.«

Kolja sah zu, wie Tom sich neben ihn auf die Pritsche setzte und seine Beine auf einen Eimer, der davorstand, ausstreckte. Es war seltsam, seinen Namen laut auszusprechen, nicht nur Joans, sondern auch seiner waren für Kolja zu den stärksten Wörtern geworden, die er kannte.

»Dachte, es wären mehr.«

»Mir kommt es kürzer vor«, sagte Kolja.

»Ich hätte wetten können, dass du vor mir stirbst.«

Kolja tat so, als hätte er das nicht gehört.

»Du solltest damit wirklich zum Arzt gehen.«

»Ich hasse Ärzte.«

»Ich auch, aber du solltest trotzdem hingehen oder willst du noch länger wie ein Spinner durch die Straßen taumeln?«

»Willst du was essen? Vorne im Regal stehen bestimmt noch Dosensuppen.«

»Nein, schon gut.«

Kolja stand auf und suchte nach zwei Gläsern.

»In diesem Licht findet man gar nichts.«

»Ich mag es, hab ich schon immer, auch als wir uns noch in deiner alten Wohnung in Brooklyn getroffen haben.«

»Die war ziemlich heruntergekommen. Überall Insekten. Selbst die Hunde der Nachbarn sind über die Leiter durch die Fenster reingekommen.«

»Ich fand sie gut.«

»Willst du das Glas oder den Pappbecher?«, fragte Kolja und hielt beides hoch, bevor er sie bis zum Rand mit Whiskey füllte.

»Das Glas.«

»Das letzte Mal haben wir uns in Bengasi gesehen.«

»Nein, nein, das war in Juba. Kannst du dir nicht einmal deinen eigenen Tod merken?«

»Ich merke mir nicht einmal deinen Namen«, fing Tom an zu lachen. »Juba, ja. Morgens.«

»Eigentlich war es mittags, kurz nach elf.«

»Sag ich doch.«

»Wir waren auf dem Weg in den östlichen Teil der Stadt, du wolltest irgendwen interviewen. Ich glaube einen Anwalt. Den Namen habe ich vergessen.«

»Den weiß ich auch nicht mehr.«

Sie stießen miteinander an und nahmen beide einen Schluck, während Kolja sich eine Zigarette anzündete, bevor er weiterredete.

»An die Strecke kann ich mich dafür umso besser erinnern, daran, dass wir immer wieder warten mussten, um die nächste Straße überqueren zu können, während dazwischen Kugeln durch die Luft zogen.«

»Gibst du mir auch eine Zigarette?«

»Ich dachte, du hast aufgehört.«

»Der Tod verändert.«

»Früher hast du meine Zigaretten regelmäßig aus dem Fenster geworfen.«

»Früher hättest du dasselbe mit jedem getan, der es gewagt hätte, in deiner Dunkelkammer zu rauchen.«

KAPITEL 28

Das Wichtigste war, nicht nach unten zu gucken, dachte ich und blickte über die anderen Dächer. Das Wichtigste war, nicht nach unten zu gucken, dachte ich, presste mit der einen Hand die Urne gegen meinen Körper und streckte den anderen Arm aus, um das Gleichgewicht zu halten. Das Wichtigste war, nicht nach unten zu gucken, dachte ich und schaute hinunter. Es war höher, als ich gedacht hatte. Sehr viel höher. Ich wusste nicht, warum mir das vorher nie aufgefallen war. Die Planke unter mir schwankte, als würde sie auf dem dunkelsten Blau, auf den Wellen eines Ozeans treiben und nicht über der Stadt in der Luft hängen. Tropischer Dunst stieg aus dem Spalt zwischen den Häusern auf und blieb auf meiner Haut kleben. Er roch nach Tuberkulose und toten Tieren. Das war das Ende, diesmal wirklich, das wusste ich. Das war der letzte Gedanke, den ich hatte, bevor ich das Gleichgewicht verlor und auf die Planke knallte. Die Straße kam näher, Holzsplitter drangen in meine Finger. Ein Geräusch fiel aus meinem Mund, es klang höher als alles, was ich vorher gehört hatte. Auf dem Bauch liegend wagte ich weder zu atmen noch mich umzudrehen und presste meine Stirn gegen das Brett und seine dunklen Linien, erst jetzt bemerkte ich die Urne unter mir, wie eingeklemmt zwischen meinen Rippen. Immer noch den Atem anhaltend raffte ich mich auf, umklammerte die aufgerissenen Kanten der Planke mit meinen verschwitzten Händen. In derselben Sekunde, in der ich meinem Vater ins Gesicht blickte, begriff ich, dass ich mich in der verkehrten Richtung auf das Brett gehievt hatte. Mit schnellen Bewegungen rutschte ich nach hinten, um die Distanz zwischen uns zu vergrößern.

»Bleib stehen.«

Noch während ich das sagte, ging er einen weiteren Schritt.

»Ich sagte: stehen bleiben!«

Unverwandt blickte ich ihm in die Augen, ohne zu blinzeln, und hielt sie so lange offen, bis es sich anfühlte, als würden meine Pupillen brennen, dabei streckte ich langsam meinen Arm aus und hielt die Urne über den Abgrund.

»Wenn du noch einen Schritt näher kommst, werde ich die Urne fallen lassen …«

Noch bevor ich das gesagt hatte, wusste ich, dass ich es nicht tun würde, ich versuchte zu erkennen, ob mein Vater dasselbe dachte. Wir sahen uns an wie Tiger und Antilope, er auf dem Dach und ich auf der Planke und für eine Sekunde war es, als hätte selbst ich vergessen, wer von uns wer war.

»… ich lasse sie los. Mit allem, was darin ist.«

Er ignorierte meinen Satz, stattdessen kam er näher und meine Stimme wurde lauter. Das beeindruckte ihn kein bisschen. Stattdessen ging er weiter, viel schneller, als ich mich rückwärts bewegen konnte. Wie in einem Takt, den nur wir beide hörten und sonst niemand in dieser Stadt. Niemand hatte mir gesagt, dass sich Trauer wie Wut anfühlt.

KAPITEL 29

Kolja warf Tom erst die Zigaretten, dann die Streichhölzer zu, bevor er die nächsten Fotos auf der Leine verteilte und sie betrachtete.

»Irgendwann kam es mir wie Regen vor.«

»Was? Der Tod?«

»Nein, die Schüsse in Juba. Als würden wir uns nur unterstellen und über den Winter und van Gogh reden.«

»Daran kann ich mich gar nicht erinnern. Dafür an die Rauchwolken, schwarz und gelb. Und dann noch der verfluchte Stau.«

Kolja blickte auf die Fotos, die in dem Wasser schwammen, ließ die zur Hälfte heruntergebrannte Zigarette neben seinem Glas liegen und zog sich Vinylhandschuhe an, um die Bilder zu drehen.

»Weißt du noch, wie es angefangen hat?«

»Nein, du hast die Meute vor mir bemerkt, mich am Hemd gepackt und dann sind wir in dieselbe Richtung, aus der wir gekommen waren, zurückgerannt. Erst langsam, dann schneller, während sie uns gefolgt sind, zwanzig oder dreißig Leute, ihre Stimmen sind immer lauter geworden, während sie uns mit Steinen bewarfen. Ich habe den Gurt der Kamera mehrmals um mein Handgelenk gewickelt und versucht, über meine Schulter hinweg Fotos zu machen. So lange, bis mich die ersten Steine trafen«, sagte Kolja.

Er zog sich die Handschuhe von den Händen.

»Die Steine, die dich getroffen haben, waren nur von denen, die nicht zielen konnten.«

»Glaubst du, es war wie in Bengasi?«

»Als die Arbeitsmigranten aus der Sub-Sahara mit den Söldnern verwechselt wurden? Ich weiß nicht, das war nur ein Gerücht.«

Kolja zog an der Zigarette und dachte nach.

»Ich dachte, wir wären über eine Stunde durch die Stadt gerannt, erst hinterher ist mir bewusst geworden, dass es nur ein paar Minuten waren.«

Kolja lehnte sich gegen das Regal hinter ihm und sah Tom an. Das Erste, woran er jedes Mal dachte, wenn er sich an diesen Tag erinnerte, war der Ausdruck, den Tom in seinem Gesicht gehabt hatte. Während sie dicht nebeneinander hergerannt waren, hatte sich die Sonne gelb auf seiner Haut gespiegelt, Sand und Dreck hatten sich über sein Gesicht gelegt, so tief, dass es wie eine Schrift ausgesehen hatte, dessen Wörter Kolja nicht kannte.

»Denkst du manchmal darüber nach, was passiert wäre, wenn ich nicht gestürzt wäre?«

»Nein, du?«, antwortete Tom und schwenkte den

Whiskey in seinem Glas von einer Seite zur anderen. Sie tranken so viel, als läge der Sinn des Lebens auf dem Boden der Flasche.

»Oft, ja.«

»Warum?«

Kolja stand auf und fuhr mit den Fingern flüchtig über die Fotos, die verteilt im Zimmer hingen. Sie waren noch nicht trocken.

»Wenn ich nicht gestürzt wäre, wärst du auch nicht gefallen. Vielleicht wären wir davongekommen. Du wärst davongekommen.«

»Vielleicht auch nicht. Vielleicht wären wir beide verreckt. Hast du darüber mal nachgedacht?«

»Hast du darüber mal nachgedacht«, wiederholte Kolja den Satz und schrieb ihn sich mit einem schwarzen Stift auf die Hand.

»Ich bin nicht dabei gewesen, als du gestorben bist. Kaum hatte ich das Gleichgewicht verloren, packten sie mich an den Beinen und schleiften mich von dir weg quer über die Straße. In dem aufwirbelnden Sand konnte ich nicht einmal meine eigenen Hände sehen, ich weiß noch, ich habe versucht, deine Stimme unter den anderen zu erkennen, aber es ist zu laut gewesen, das Einzige, was ich hörte, waren die Stöcke, mit denen sie auf dich eingeschlagen haben. Irgendwann waren alle wie auf ein Zeichen verschwunden. Ich habe minutenlang auf deinen blutüberströmten Körper gestarrt, wie betrunken, dann habe ich ein Foto von dir gemacht und an die *Amateur Night* im Apollo Theater gedacht.

An die roten Sitzreihen, an die Ränge, ich habe an die Bühne gedacht, deren Boden dieselbe Farbe wie die Straße hatte, an den Banana Republic Factory Store links neben dem Theater und dann an den Beautysalon *Cinderella Eyebrows* auf der anderen Seite, an die Leuchttafel über dem Eingang des Theaters: Schwarze Großbuchstaben auf hellem Grund.«

»Be good or be gone.«

»An die roten Teppiche im Theater. An C. P. Lacey.«

»Wer war das noch mal?«

»Der Typ, der die Amateure jedes Mal von der Bühne geschmissen hat, wenn das Publikum begann sie auszupfeifen.«

»Es war immer viel zu warm da, selbst im Winter.«

»Ich habe sogar an Tracy Chapman gedacht.«

»Ist sie da aufgetreten?«

»Nein, ich glaube, sie ist nie im Apollo Theater gewesen.«

Sie redeten so lange, bis die Dunkelheit wieder blau wurde, die Stadt ihre Umrisse wiederbekam und die Sonne aufging. Mit dem Glas in der Hand deutete Tom auf die Fotos, vor denen Kolja stand.

»Hast du die gemacht?« Kolja verdrehte die Augen.

»Nein, ich entwickle die meiner Nachbarn. Was glaubst du denn? Natürlich sind das meine.«

Tom zog zwei der Abzüge von der Leine, lehnte sich in den Türrahmen und hielt sie hoch, bevor er zwischen den Regalen des Kiosks entlang nach draußen blickte. Kolja holte die letzten Bilder aus dem Wasser, hängte sie neben die anderen an die Leine und öffnete die Fenster.

»Seit wann bist du hier?«

»Schon über ein Jahr«, antwortete Kolja.

»So lange bin ich nie an einem Ort geblieben. Stellst du dir manchmal vor, woanders zu sein?«

»Ich bin doch im Ausland.«

»Du weißt doch, was ich meine …«, wandte Tom ein, während Kolja ihm die Fotos aus den Händen nahm, um sie auf den Schreibtisch zu legen. »Fehlt es dir nicht?«

»Nicht mehr, nein.«

»Auch nicht die Geschichten, die Tage in der Wüste?«

»Die Welt liegt in jeder Straße. Sogar in dieser.«

»Auf deinen Fotos sieht sie authentischer aus als in Wirklichkeit.«

»Das kommt dir nur so vor, weil du nicht richtig hinschaust.«

»Idiot.«

»Bastard.«

Zusammen setzten sie sich nach draußen. Tom stellte die Whiskeyflasche auf den Tisch, der vor ihnen stand. Daneben das Glas und den Pappbecher. Bevor er anfing zu sprechen, füllte er sie bis zur Hälfte. Während Tom mit hinter dem Kopf verschränkten Armen der über den Dächern aufgehenden Sonne zusah, musterte Kolja seine Gesichtszüge und dachte darüber nach, wie es sich als Geist anfühlte. Genauso wie Joan, trug Tom nicht das, was er angehabt hatte, als Kolja ihn zuletzt gesehen hatte, stattdessen sah er aus wie an dem Tag, an dem er in Bengasi in den Krater gesprungen war. Selbst seine Haare waren nass. Kolja war sich sicher, dass sie auch nicht trocknen würden, wenn sie bis zum Abend nebeneinander säßen, und ihm wurde nicht nur bewusst, dass Tom und Joan die Einzigen waren, die ihm fehlten, so sehr, als könnte er die Wirklichkeit nur mit ihnen erleben, sondern auch, was er vermisst hätte, wenn er ein Geist gewesen wäre: die Hitze der Sonne.

KAPITEL 30

Die Planke bewegte sich im Wind, den Schuss selbst bekam ich gar nicht mit. Nur das Geräusch von aufgeschreckten Vögeln, deren Flügel durch die Luft schlugen. Als wäre ein Schwarm über uns hinweggeflogen. Als ich nach oben schaute, konnte ich keinen entdecken. Auch meinen Vater sah ich nicht länger vor mir stehen. Meine Ohren fiepten. Die Kugel schien ihn einen Meter zurückgeworfen zu haben, sie hatte ihn über den Boden geschleudert. Spuckefäden hingen aus seinem Mund, lang wie die Zähne eines Tigers, er war deutlich langsamer geworden. Stöhnend versuchte er sich auf die Seite zu drehen, um erst seinen Arm, dann seine Schulter anzusehen. Ein seltsamer Geruch breitete sich aus, mir wurde schlecht, ich spürte die Splitter in meinen Fingerspitzen und konzentrierte mich auf meine Beine, die in der Luft hingen, auf die blaugraue Farbe des Himmels über unseren Köpfen, auf die Umrisse der Stadt, keiner von uns war tot.

»Ich glaub nicht, dass du das getan hast … willst du mich umbringen?! Weißt du überhaupt, was du da in der Hand hältst? Fühlst du dich jetzt besser, ja?! Wenn das so weitergeht, kommst du nicht einmal in die siebte Klasse. Ist es das, was du dir vorgenommen hast? Alles einmal ausprobiert zu haben, bevor du vierzehn geworden bist? Diebstahl, Vandalismus, Körperverletzung und unerlaubten Waffenbesitz?«

Das schrie er so laut, dass seine Stimme an mir vorbei bis auf die anderen Dächer hallte. Er presste sich eine Hand gegen den Oberarm. Sich mit den Ellbogen sowie den Füßen abstützend, kroch er über das Dach, lehnte sich gegen einen der Schornsteine und reckte sein Gesicht in die Sonne, als säße er irgendwo am Meer. Fast hätte ich ihn getötet. Fast getötet. Ich wiederholte diese beiden Wörter, als ob ich sie bis zu dieser Sekunde nie so richtig verstanden hatte. Hatte ich auch nicht. Ich tat so, als würde ich ihn ansehen. In Wirklichkeit wartete ich nur, hielt den Atem an und schaute nirgendwohin. Ich wollte ihm dieselbe Frage immer wieder stellen. Als ich aufstand, bog sich die Planke unter meinen Füßen, selbst das Dach schien sich zu bewegen, als wäre es, ohne dass wir es bemerkt hatten, von einer Welle erfasst und woanders hingespült worden. Irgendwo an die Kante des Universums. Mit langsamen Schritten balancierte ich zurück auf das Dach und kniete mich vor ihn. Ich wollte von vorne anfangen. Ganz am Anfang. Erst jetzt fiel mir auf, wie seltsam verzerrt alles aussah, als wäre ich das nicht gewesen, unwirklich genug, um weiterzumachen, um mich nicht länger wie ein Junge, sondern wie ein Tier zu fühlen. Wie der Gedanke eines anderen Menschen, mit dem ich nichts zu tun hatte. Ich verstand es und ich verstand es nicht und wollte ihn töten, nicht nur das, ich wollte uns töten, unsere blanken blutleeren Schädel zertrümmern. Wie Schalen, aus denen unsere Gedanken, jedes Geheimnis und alles, was wir nicht gesagt hatten, wie eine gelbe Flüssigkeit herausliefen und ins Dach sickerten. Er bewegte sich nicht, schien nicht einmal zu blinzeln. Seine Pupillen sahen aus wie schwarze Algen, knapp unter der Wasseroberfläche, auf der wir trieben. Warmer Wind strich mir über den Rücken, ich riss ihn tief in meine Lungen, verschluckte mich fast, als würde ich Staub trinken.

»Warum hast du sie umgebracht?«

»Was?! Das habe ich nicht! Wie ...«

»Lüg mich nicht an!«

»Ich lüge nicht!«

»Warum schreist du dann?«

Er sah mich an und sagte nichts, mir wurde schwindelig.

»Ich weiß, dass du die Polizei belogen hast. Du warst nicht hier, du warst nicht zu Hause. Nicht, bevor ich gegangen bin, und auch nicht, nachdem ich wiedergekommen bin.«

»Was meinst du damit? Wiedergekommen ...«

Unvermittelt brach er ab.

»Ich war in der Pathologie.«

Diese fünf Wörter hörten sich ausdrucksloser an als alles, was ich mich jemals zuvor hatte sagen hören. Nicht wissend, ob er mich überhaupt gehört hatte, hielt ich inne, zählte das Pochen unter meinen Schläfen, sieben, acht, es war der Rhythmus der Sekunden, sechzehn, siebzehn, so laut, als würden Bomben fallen, dreiundzwanzig, vierundzwanzig, ich wollte den Satz schon wiederholen, als er aufblickte.

»Du meinst: gestern.« Er flüsterte fast, als hätte seine Stimme sich verirrt und wüsste den Weg nicht mehr.

»Nein, in der Nacht als der Mord passiert ist.«

Ohne den Kopf zu bewegen, holte er eine Schachtel Zigaretten aus der Hosentasche, schüttelte sie, bis sich eine aus der Packung löste, und klemmte sie zwischen seine Lippen. Es schien Minuten zu dauern. Sein linker Arm hing regungslos neben ihm, als würde er nicht mehr zu ihm gehören. Die Haut dehnte sich über seine Handknochen, sie lief weiß an, während er mehrmals versuchte, sich in den Windschatten zu drehen, um die Zigarette anzuzünden, vergeblich. Bevor ich mich neben ihn setzte, schirmte ich sie mit einer Hand ab, so lange, bis es ihm gelang. Umgeben von Dächern, die mit der Stadt und von Kontinenten umwickelt waren, saßen wir da. Darüber die Farbe von gelbem Äther, schmale Streifen Orange dahinter.

»Das verstehe ich nicht. Warum warst du in der Pathologie? Das kann nicht sein.«

»Bloß weil du es nicht verstehst, bedeutet das nicht, dass es nicht sein kann.«

»Wieso denkst du dann, dass ich es war?«

»Wo warst du denn?«

Stumm und unverwandt starrten wir uns an. Als wäre er jemand anderes, als wäre ich jemand anderes, jemand, den wir beide noch nie zuvor gesehen hatten. Ich sah Blut an seinem Arm herunterlaufen. Ein schmaler Streifen, er tropfte auf den Boden, und als wüsste er, dass wir jede Antwort wie Gold miteinander tauschten, fing er als Erster an zu reden.

»Am anderen Ende der Stadt. Ich wusste nicht einmal, dass sie in dieser Nacht gearbeitet hat und nicht zu Hause war. Erst später als …«

»Ist das die Wahrheit?«

»Ja.«

»Würdest du mir sagen, wenn sie es nicht ist?«

Er zog an der Zigarette in seinem Mundwinkel, legte seine Hand auf meinen Kopf, sah mich an und schien zu überlegen. Seine Stimme war ruhig, die Worte langsam.

»Würdest du mir glauben, wenn ich dir sage, dass es die Wahrheit ist?«

Auch wenn ich gehört hatte, was er gesagt hatte, wusste ich nicht, was ich antworten sollte. Es wäre mir lieber gewesen, die Nacht wäre hereingebrochen, von einer Sekunde auf die andere. Ich ließ den Arm sinken.

»Warum hast du danach nie wieder über sie geredet?«

»Ich konnte nicht, ich habe es versucht. Es ging nicht. Was hast du in dieser Nacht gesehen?«

Ich erzählte es ihm und mit jedem weiteren Wort, das ich sagte, zog er nicht nur stärker an der Zigarette zwischen seinen Fingern, sondern auch schneller. Er sah älter aus als vorher.

»Warum hast du mir nicht schon in der Nacht davon erzählt?«

Noch bevor er am Fragezeichen angekommen war, hatte er verstanden, warum. Das konnte ich an seinen Augen sehen.

»Ich weiß, dass ich der Ältere von uns beiden bin. Wenn ich könnte, würde ich dir sagen, was wirklich passiert ist, wer es war und was wir tun müssen, damit es leichter wird, doch die Wahrheit ist, dass ich weder weiß, was geschehen ist, noch, ob wir es je herausfinden werden. Vielleicht werden wir es nie erfahren und selbst wenn, dann werden andere Fragen entstehen. Es werden immer welche übrig bleiben, auf die es keine Antworten geben wird. Wenn ich könnte, würde ich ihren Tod rückgängig machen, wenn ich könnte, würde ich irgendetwas tun, was es für dich einfacher macht, aber das kann ich nicht, für keinen von uns. Das ist auch mein erstes Mal, verstehst du das?«

Aus den Augenwinkeln sah ich meinen Vater an, erst hoch in sein Gesicht, dann auf die Urne, die nicht weit entfernt neben seine Füße gefallen war. In ihren Dellen lagen die Schatten, die keinen von uns versteckten, daneben schwarzer Sand, von dem ich mir vorstellte, dass er nach Salz schmeckte. Unsere Blicke trafen sich.

»Wie sollen wir ohne sie leben?«

»Das weiß ich auch noch nicht.«

Die Geräusche von Insekten kamen von allen Seiten, derselbe Klang wie der meiner Gedanken. Dazwischen ein zurückweichendes Brüllen. Es schien nach Luft zu ringen. Das Licht der Sonne blendete und ließ die Umrisse der Stadt verschwimmen, als würden wir in einer anderen als gestern stehen. In einer Stadt, die wir noch nie zuvor gesehen hatten, wo alles war, was wir irgendwann verloren hatten. In einer Stadt ohne Erinnerung, wo Staub und Dreck die einzigen Tiere waren und keine Namen hatten. Die Welt hatte sich verändert, schon wieder, und ich drehte jedes Wort, das er gesagt hatte, zwischen meinen Fingern. Nicht, weil die Worte eine andere Farbe bekommen hatten, seltsam klangen oder nicht zueinander passten, sondern weil sie irgendetwas veränderten und meine Gedanken, die Wut, auch die Trauer verschwanden, jedenfalls für wenige Sekunden, einfach so, sie verflüchtigten sich in einer einzigen Bewegung und in unseren Stimmen, als gäbe es nicht nur zwischen uns, sondern auch zwischen allen anderen einen Satz, der gesagt werden musste, damit es weitergehen konnte.

Die Rechtschreibung dieses Romans folgt weitgehend der neuen Rechtschreibung, die Kommasetzung kann aus rhythmischen Gründen variieren.

Sollte diese Publikation Links auf Webseiten Dritter enthalten, so übernehmen wir für deren Inhalte keine Haftung, da wir uns diese nicht zu eigen machen, sondern lediglich auf deren Stand zum Zeitpunkt der Erstveröffentlichung verweisen.

FSC
www.fsc.org
MIX
Papier aus verantwortungsvollen Quellen
FSC® C014496

Penguin Random House Verlagsgruppe FSC® N001967

1. Auflage
Genehmigte Taschenbuchausgabe Januar 2022
by btb Verlag in der Penguin Random House Verlagsgruppe GmbH,
Neumarkter Straße 28, 81673 München
Copyright der Originalausgabe © 2019 Verlag Kiepenheuer & Witsch, Köln
Covergestaltung: semper smile, München
nach einem Entwurf von © Manja Hellpap und Lisa Neuhalfen, Berlin
Covermotiv: Getty Images / Petros Petropoulos / EyeEm
Druck und Einband: GGP Media GmbH, Pößneck
mb · Herstellung: sc
Printed in Germany
ISBN 978-3-442-71800-9

www.btb-verlag.de
www.facebook.com/btbverlag

»WENN WER STARB, DANN WAR DAS NICHT DAS ENDE.«

Jasna Fritzi Bauer liest
Levi von Carmen Buttjer
Ungekürzte Lesung | 1 MP3-CD
ISBN 978-3-86484-597-0

tacheles! Hörbuch bei ROOFMUSIC

www.roofmusic.de

Helene Hegemann

Axolotl Roadkill

Roman

208 Seiten, btb 71960

Freiheit, Selbstzerstörung und ein »pseudo-belastungsgestörtes« Problemkind in Berlin.

Die sechzehnjährige Mifti lebt seit dem Tod ihrer Mutter in Berlin und im heranwachsenden Ausnahmezustand. Als ›pseudo-belastungsgestörtes‹ Problemkind tanzt, vögelt und kokst sie sich durch die Hauptstadtszene. Das Besondere an Mifti ist ihre Hypersensibilität und ihr offener, fragender Blick auf eine Elterngeneration, die weder auf sich noch ihre Kinder aufpassen kann. Hin- und hergerissen zwischen Genie und Wahn entlarvt Mifti Sprache, Lebensentwürfe und Konventionen der Erwachsenen als das ›allgemeine Dahinschimmeln‹ ihres wohlstandsverwahrlosten Umfelds.

Helene Hegemanns knallhartes Debüt.

btb

Jaroslav Rudiš

Der Himmel unter Berlin

Roman

176 Seiten, btb 71331

Blitzlichter aus dem Untergrund einer Metropole, ein Roman voller Härte und Poesie

Der Himmel unter Berlin ist eine Welt für sich, dort spinnt seit hundert Jahren die U-Bahn ihre Netze, bewahren unzählige Tunnel und Bunker geheime Geschichten, strömen tagaus, tagein unzählige Menschen durch. Die Musiker nicht zu vergessen, die diese Unterwelt mit Klängen füllen. Einer von ihnen ist aus Prag dahin geraten: Petr Bém, ein junger Deutschlehrer, auf der Flucht vor seinem alten Leben und voller Sehnsucht nach einem neuen. Als er im Untergrund Pancho Dirk kennenlernt, der von Musik besessen ist, gründen die beiden eine Band und nennen sie U-BAHN, weil es um Schwärze, Krach und Tempo geht. Dann verliebt sich Petr in Katrin, die Tochter eines Zugführers.

»Untergründig, hintersinnig, leicht.«
Ingo Schulze

btb